三島由紀夫の詩と劇

和泉書院

高橋和幸
Kazuyuki Takahashi

『三島由紀夫の詩と劇』　目次

Ⅰ　三島由紀夫の詩
三島由紀夫の初期世界の考察
――ニセモノの詩人から小説家へ――……3
Ⅱ　三島由紀夫の劇
――『近代能楽集』論――
1　『邯鄲』論
――花ざかりの悟り――……39
2　『綾の鼓』論
――輪廻転生する恋――……77
3　『卒塔婆小町』論
――輪廻転生するロマンと仏法の永遠――……99
4　『葵上』論
――あらかじめ失われた恋――……129

5 『班女』論
——正気の果ての狂気—— …… 159
6 『道成寺』論
——意識の檻から日常へ—— …… 187
7 『熊野』論
——「花」は権勢に抱《いだ》かれる—— …… 215
8 『弱法師』論
——閉ざされた詩の終焉—— …… 241
随想 「道成寺」拝見 …… 271
あとがき …… 277
初出一覧 …… 283

I　三島由紀夫の詩

三島由紀夫の初期世界の考察
――ニセモノの詩人から小説家へ――

一

三島由紀夫が小説家であっただけでなく、詩人、劇作家、評論家でもあったことは周知のことであり、それぞれのジャンルで多くの作品を残していることもよく知られた事実である。このうち、詩については、ある時期を境に、殆ど詩作をしなくなったことも。しかし、それがどのような理由によるものなのか、また、三島にとって、詩・小説・戯曲の各ジャンルは如何なるものであって、それぞれのジャンルはどのように関連し合っていたのかという問題は明確になっているとは言い難い。もちろん、三島という作家と詩・小説・戯曲とのつながりは、彼の多彩な才能と多様なジャンルの関係というような観点とは全く無縁の問題であって、むしろ三島という作家の特性や彼の内包していた文学的主題それ自体が、詩・小説・戯曲といった、それぞれの文学形式に結実する他はなかったのであり、その意味では、彼は文学形式を先鋭的な方法意識で選択する作家であった。また、それゆえ、彼の選択した各ジャンルはぬきさしならない関連性を有しているのである。ここでは、以上のような問題について考察しつつ、三島の「詩」についての解明を試みたいと思う。

なお、標題に言う初期世界とは、考察の都合上、三島の本格的な作家としての出発になった『仮面の告白』（昭和二十四年）の頃から『金閣寺』（昭和三十一年）発表前あたりと規定しておく。つまり三島が詩を書くことをやめ、小説と戯曲の創作に移行する時期である。

『三島由紀夫全集　第三十五巻』（新潮社）には昭和七年十二月の「秋」から、「起て！紅の若き獅子たち（楯の会の歌）」（昭和四十五年六月）まで五十五篇の詩が収められているが、十代以外の詩作は十九篇、多くは昭和十四、十五、十六年の創作である。

三島は昭和十五年一月から川路柳虹宅に通って、俳句と詩を学んでいる。その影響からか、「青城詩抄（I）」（昭和十五年七月）〜「同（V）」（昭和十六年一月）、「抒情詩抄」（昭和十六年十二月）、「十五歳詩集」（昭和十六年三月）などを相次いで出している。この頃のことを題材にして書いたのが『詩を書く少年』（昭和二十九年）であるが、この作品について三島はこう言っている。

『詩を書く少年』には、少年時代の私と言葉（観念）との関係が語られてをり、私の文学の出発点の、わがままな、しかし宿命的な成立ちが語られてゐる。ここには、一人の批評家的な目を持つた冷たい性格の少年が登場するが、この少年の自信は自分でも知らないところから生れてをり、しかもそこには自分ではまだ蓋をあけたことのない地獄がのぞいてゐるのだ。彼を襲う「詩」の幸福は、結局、彼が詩人ではなかつたといふ結論をもたらすだけだが、この蹉跌は少年を突然「二度と幸福の訪れない領域」へ突き出すのである。(1)

外界の醜悪さや己れの醜さに出会わないままで、少年は言葉（観念）の世界に至福の時を迎えることができる。このとき、詩（芸術）と詩人（芸術家）は一つであり、彼は自分を夭折の天才詩人と信じることもできる。このような外界と内面世界、詩と詩人の蜜月状態は、はたして、われわれの一般的な言語体験と比較して、とりわけ奇妙なものであろうか。人は外界と内界の現実や自然に目覚めるより前に、言葉を習得する。この時の言葉は必ずしも外的世界と内的世界を正しく把握するための言葉ではない。むしろ、外界と内界の現実とは無関係に、彼の観念そのものを形成する役割りを果たすこともあるだろう。三島自身よく語っているように過剰な感受性の持主なら、なおさらその傾向は強くなると思われるし、ここで注目すべきことは、この少年にとっては、自身と外界の「美しさ」のみが彼のすべてであることであろう。

言葉さへ美しければよいのだ。
『ゲーテなんていやだ。あれはおぢいさんだもの。シラーは若い。僕はシラーのはうが好きだ』

詩に歌はれた恋のはうがずつと美しい。

過剰な感受性と過剰な言語体験（美的体験）との出会いが、少年の「至福」を招き、ここに堅牢な美的世界が形成されている。少年は「毎日、辞書を丹念に読」み、観念を増殖させ、外界と内界の実相を発見するよりも、外見と内界を己れの観念にふさわしく変貌させ、変貌しない外界には「あれは詩にならないんだ」と興味を抱かない。このような、いわば夢想とも言える観念世界にとじこもることは、人の成長過程において、とりわけ奇異なことではないだろう。人が外界と内界の不如意、不可知、不可思議に真の意味で出会う前の、いわば夢想の時は誰しも経験することではなかろうか。もしこの少年に特異なものがあるとすれば、先述した過剰な感受性と過剰な言語体験の他に、彼の夢想が一過性のものではなく、彼のあらゆる理想を備えた「美そのもの」であり、これ以外には何物も求めようのない、究極に到達した姿をしていたことである。おそらくそれは彼の感受性と言葉に対する純粋さによるものであろうし、また彼が後年この「美そのもの」（「詩そのもの[2]」）へと回帰したのも、自身の感受性と言葉に忠実だったためであろう。

私の癒やしがたい観念のなかでは、老年は永遠に醜く、青年は永遠に美しい。老年の知恵は永遠に迷蒙であり、青年の行動は永遠に透徹してゐる。だから、生きてゐればゐるほど悪くなるのであり、人生はつまり真逆様の頽落である。

（傍点引用者、「二・二六事件と私」昭和四十一年六月）

この少年が長じて後、外界と内界の実相を隈なく発く武器としての言葉を手に入れても、否、入れれば入れる程、彼はこの「詩そのもの」の状態を還るべき「故郷」として求め続けたのである。

第二の特異性は、彼の観念の中では、彼自身が夭折の天才詩人であること。したがって、彼自身の美しい死をねがい、夢想そのものに死が遍満していることだ。

クレーンは曇りの日の海の皺くちやなシーツを引つかきまはして、その下に溺死者を探してゐた。（略）夕焼は兇兆であり、濃沃度丁幾《のうヨードチンキ》の色をしてゐた。

第三の特異性は、これ程強固な観念を形作っているにもかかわらず、彼が「批評家的な目」を持っていること。少年がこの「批評家的な目」を外界の醜悪な現実と内界の醜さに向けるとき、そこに真の詩（芸術）が生まれ、詩と詩人は分離し、「二度と幸福の訪れない領域」に入り込むことは容易に予測がつく。三島文学の初期から中期への移行は、このような詩そのものの幸福から、詩と詩人が分離し、外界と内界の醜悪さや不完全性、不足を批判攻撃することが文学創造の原動力となっていた。その後、彼の文学は、再び詩そのものの至福へと回帰する運動、すなわち、詩と詩人の再会と合一、美と芸術家の合一を求める運動が宿命的に用意されていた。

　この少年の「批評家的な目」が分離して彼は小説家として独り立ちするが、このとき、当然のことながら、彼の言葉はより現実的《リアリスティック》な言葉に変貌する。その言葉または言葉で捉える作用を彼は「認識」と言っている。このことは後に論ずることにして、ここでは、三島がその生涯に於て、二種の言葉を持ったことを確認しておきたい。外界と内界の現実に無関係に、感受性に従って美しい観念を夢想する言葉と、外界と内界の実相を現実的《リアリスティック》に「認識」する鋭利で冷たい言葉と。そして最終的に彼が少年の時の観念に誠実であったことも。

三島はたびたび自分が詩人ではなかったことを述懐している。「しかし私の詩は一向物にならなかつた。二十一歳が詩作の最後の年だつた」(「師弟」昭和二十三年四月)、「戦後、私は決定的に詩から遠ざかつた。小説家として、かのシモンズの、「およそ小量の詩才ほど作家を毒するものはない」(ドオデエ論)といふ訓誡が、日ましに身にしみて来たからである」(「伊東静雄氏を悼む」昭和二十八年八月)、「私は詩と小説をちやんぽんに書き、そのどちらにも厳しさを求めず、微温的な、あるひは人工的な詩と物語を混同し」(『三島由紀夫作品集』あとがき、昭和二十八年十一月)、「私が小説家になつたのは、私の詩が贋物だつたからであつて、私が詩人でなかつたからにすぎない」(同前・昭和二十九年一月)、「自分が贋物の詩人である、或ひは詩人として贋物であるといふ意識に目ざめるまで、私ほど幸福だつた少年はあるまい」(『角川小説新書　詩を書く少年』おくがき、昭和三十一年六月)、「私はにせものの詩人であり、物語の書き手であつた」(「十八歳と三十四歳の肖像画」昭和三十四年五月)、「私は二十代に入ると同時に詩作をやめてしまつた。自分が贋物の詩人であることに気がついたからである」(「同人雑記」昭和三十五年七月)、「自分を詩人だと信じ」(「私の遍歴時代」昭和三十九年四月)などと。

しかしながら、痛みを伴うべき至福の喪失体験を語る割には、これら「贋物の詩人」、「詩人ではなかつた」という言葉には、何ら感傷が感じられず、むしろその裏には確信めいたものがこめられている。おそらくそれは、真の詩と詩人の目ざめであり、同時に芸術家の宿命―外界と内界の醜さに目を向け、その双方を否定し、より真実なる美の世界を創出することと、最終的には、かつて失われた至福としての美的世界と自己を同一化することを見きわめた確信であったろう。詩にしろ、小説にしろ、個性という美名のもとに、醜悪で卑小な現実の再現に努力することに芸術の使命などありはしないのだ。その意味では、三島の文学は日本の近代リアリズムと日本の近代そのものに対する尖鋭な批評なのである。(3)

二

鋭敏な感受性ゆえに言葉で築いた観念世界に閉じ籠っているという状態は、いかにも陳腐ななり行きに見えるが、科学的精神と方法の個人レヴェルへの浸透に伴ってあらゆる自然現象が解明され、あらゆる精神に光があてられた近代にあって、外界の現実世界や精神の自然そのものにどれ程の貴重な秘密が残されているだろう。自然科学の対象としてならまだしも、現実そのもの、内面の自然現象そのものが、精神的価値たりうるだろうか。とすれば、ここに鋭敏な感受性が、言葉の原初的機能を利用し、未知の現実世界の不足や不完全性に直面する前に感受性と言葉の創出する「詩そのもの」の状態に酔ったとて、何の不思議があろう。三島の「詩人」としての、感受性と言葉の関係は、おそらくそのようなものとして始まったと考えられるが、しかし彼は、己れの感受性を憎悪し、言葉との蜜月状態を破壊することから文学に出発しようとする。

私の感受性への憎悪愛《ハース・リーベ》が極端になつたのは「仮面の告白」であつて、その混乱した文体は、さういふ精神状況を語つてゐる。(4)

私に余分なものといへば、明らかに感受性であり、私に欠けてゐるものといへば、何か、肉体的な存在感ともいふべきものであつた。(5)

戦後、それまでの言葉との幸福な蜜月状態を解消して、己れの感受性を地下水脈に押しやり、「批評家的な目」を自己の内面に向け、詩と詩人の分離を志したのは『仮面の告白』であったが、それにしても〈仮面の告白〉とは何と近代の芸術と芸術家の宿命を一身に背負った含意であろう。まず彼は、かつての詩そのものの幸福な状態を〈死〉と規定することから始める。

この本は私が今までそこに住んでゐた死の領域へ遺さうとする遺書だ。この本を書くことは私にとつて裏返しの自殺だ。(6)

外界に触れず言葉(観念)の世界に自足していたがゆえに、それは〈死〉の領域だとするのは当然だとしても、それは至福にはちがいなかったし、至福の次に待っているのは地獄だったはずだ。「批評家的な目を持つた冷たい」青年として再生した少年はもう決して詩そのものの状態には戻れない。それが地獄だ。外界の醜悪さと己れの醜さに、あるいは不完全性にいつも冷徹な目を向け、その正体をあばこうとすることこそ芸術家の任務である。それが地獄なのである。芸術家とはその意味で失墜した天使だ。しかし、この失墜した天使は、少年の「批評家的な目」を一個の人格として独り立ちさせた仮構である。より現実に密着した〈生〉の世界に再生した芸術家として生きることはどこまでも仮構を生きることであり、また彼の宿命なのだ。彼はこのことをよく承知している。

多くの作家が、それぞれ彼自身の「若き日の芸術家の自画像」を書いた。私がこの小説を書かうとしたのは、その反対の欲求からである。この小説では、「書く人」としての私が完全に捨象される。作家は作中に登場しない。しかしここに書かれたやうな生活は、芸術の支柱がなかつたら、またたくひまに崩壊する性質のものである。従つてこの小説の中で凡てが事実にもとづいてゐるとしても、芸術家としての生活が書かれてゐない以上、すべては完全な仮構であり、存在しえないものである。私は完全な告白のフィクションを創らうと考へた。「仮面の告白」といふ題にはさういふ意味も含めてある。(7)

仮構としての〈私〉が告白するということは本来不可能である筈だが、しかし〈私〉の真実というものは仮構の側すなわち「批評家的な目を持つた冷たい性格」の芸術家の側からしか語ることはできないという論理を語っており、そのことを彼はこうも言っている。

　同じ意味で、肉にまで喰ひ入つた仮面、肉づきの仮面だけが告白をすることができる。告白の本質は「告白は不可能だ」といふことだ。(8)

そして仮構としての自己を「肉づきの仮面」とすることは、詩（芸術）と詩人（芸術家）が一つであることを前提に要請されるゆえ、彼はこうも言うのだ。

　私は無益で精巧な一個の逆説だ。この小説はその生理学的証明である。私は詩人だと自分を考へるが、もしかすると私は詩そのものなのかもしれない。詩そのものは人類の恥部《セックス》に他ならないかもしれないから。(9)　（傍点ママ）

彼はこのときの自分をニセモノの詩人とは言わず、はっきりと「私は詩人だと自分を考へる」と言っている。肉感的な存在を捨象した仮構としての自己を創出したことが彼の芸術始源だった。この地獄を生きる天使の方を詩人と言っているのだ。

私はやつと詩の実体がわかつてきたやうな気がしてゐた。少年時代にあれほど私をうきうきさせ、そのあとではあれほど私を苦しめてきた詩は、実はニセモノの詩で、抒情の悪酔だつたこともわかつて来た。私はかくて、認識こそ詩の実体だと考へるにいたつた。(10)

地獄を生きる天使、仮構を生きる芸術家の実体が「認識」であるという発見が、三島を再生させたと言えるだろう。ここで言う「認識」は「批評家的な目を持つた冷たい性格」の発展と考えられるが、三島にとって、小説家（芸術家）として再生（ということは、当然ながら、かつての詩を書く少年を抹殺することになった）するにあたって、これ以外には考えられない、必要にして十分な条件が、仮構という新たな自己と、その内実たるべき「認識」

だったのである。その意味では『仮面の告白』以後の三島の作品はすべて「仮面の告白」と言ってもいい位である。『仮面の告白』がなければ三島文学もなかった。あるいは全く別のものになっていたと思われる。しかし何故こういうことが起こったのかということについては、様々なレヴェルでの説明が必要だろうが、ここでは芸術はもともと美（人と自然あるいはその両者のかかわりにおける真実）の世界創造がその使命であり、それ以外のものではないこと、そのためには仮構としてしか存立しえないような、美と醜とを識別し、人と自然の隠された真実（というのは一種の比喩であり、真実は表面につねに立ちあらわれているのだが）を透視する目、すなわち「認識」が希求されたのであり、三島は他の作家達のようにありのままの自己の現実を芸術家として容認しなかった、ということだけを述べておく。

三

『詩を書く少年』の中には次のような一節がある。

確乎とした、少しも変貌しない無愛想な物象については、『あれは詩にならないんだ』と思ひ、冷淡に構へた。

外界の物象が、言葉を介して、彼の感受性と結びつくとき至福が訪れる——彼はそのとき一種の「酩酊状態」にあり、「外界と内面との親和状態」にあることはまちがいない。彼自身が美的状態にあると言ってもよい。しかしそのような「外界と内面の親和状態」とはわがままな親和であり、彼はおのずから孤独な人となるだろう。外界が感受性と結びつかない場合、つまり外界が変貌しないとき、彼は外界に冷淡になる。芸術の美は外界に冷淡でも生まれないし、内面に厚すぎても生まれない。彼自身が美であっては美は生まれないのだ。

ふつう、芸術表現において、表現内容としてのモノ、人間や自然や社会という外界は客観として人に無関係に存在する。芸術家に表現されないうちはそれらはまだ美しくも醜くもない。一方に表現者である芸術家がいる。彼が外界のモノに聞き入ったり見入ったりして何かそのモノの真実といったものを発見する。彼が詩人なら言葉によってその真実を表現しようとするだろう（真実の発見そのものが言葉によってなされる場合もあるかもしれない）。このとき彼は言葉の選び方を工夫する。様々な比喩を考える。つまり表現形式に頭を悩ませるだろう。しかし最終的に表現形式を決定するのは芸術家の感性であり、彼のものを見る眼といったものが形式を決定し、それゆえに、その形式自体が彼の心の表現、人間的真実の表現でもある、ということになる。内容と形式は一つ、言いかえれば、表現されるものと表現者は一つなのである。

閑かさや岩にしみ入る蟬の声

芭蕉が発見するまで誰にも知られていなかった静寂もしくは岩に蟬の声のしみ入る光景（表現内容）と芭蕉の内なる静寂（表現形式）とは全く一つである。芸術の表現とはこのような客観としての表現内容と主観としての表現形式の分かち難い合一を言うのである。言葉はそのための媒介なのだ。少年の詩は彼を至福に導きはしても外界とは無関係なままである。彼の詩は、はじめに美しい言葉があり、その言葉にふさわしいように外界を変形させた結果であり、決してモノの真実を表現したものではない。しかし、彼がこのとき至福を味わったことは確かであり、重要なことである。その訳は、彼がまだ己れの醜さに気づかず、むしろ己れを美しいと思っているからであるが、それは決して自惚などではなく、鋭敏な感性の持ち主が幼くして豊富な美的体験を持った、ごく当然の成り行きのように思われる。とは言え、彼は詩にならない対象には全く無関心であり、自己の内面にもあまり興味を抱いていない。必要がなかったから。

芭蕉がここ（山寺）にやってきたのは、少年のような至福を欠いていたからである。芭蕉は決して美しくはなかったのだ。少年が真の表現者、美そのものではなく、美の表現者になるためには、もっと己れの醜悪さを自覚し、もっと自身との距離を保ち、感受性に鈍感になる必要があった。そしてそうすることが現実的に人生を生きることに他ならないのだが、先にも述べたように、彼の再生は仮構としての芸術家に於てなされたのであり、その意味では、三島の人生のすべてが仮構であったという背理が成立する。彼はどこまでも「詩そのもの」であったが故に仮構の詩人を生きる他なかったのだ。

（「旅の墓碑銘」は―引用者）菊田次郎もの（「死の島」もしかり）の終曲である。私の中で、菊田次郎といふ、このロマンチックな孤独な詩人は、これ以後死して二度とよみがへらない。彼は私の感受性の象徴である。しかし菊田次郎の亡霊は、今日もなほ、時たま夜のしじまに現れて、私の制作をおびやかし、作品に影を投じてゐる。(11)

詩そのものの少年を詩（感受性）と詩人（認識）に分離し、仮構としての芸術家を生きることが、三島の人生であり芸術の方法であったが、詩（感受性）はどうなったのか。『旅の墓碑銘』は昭和二十八年の作品だが、次郎のような「感受性の象徴」たる人物が彼の作品で二度とよみがえらなかった訳ではない。三島は『近代能楽集』のなかで何度か菊田次郎のような人物を登場させて殺しているし、「認識」の憎悪と愛惜の対象になっていることが多い。

昭和三十年に書いた『海と夕焼』も感受性の人、ロマンチックな詩人の分身を主人公にした作品である。この作品について三島は次のように述べている。

奇蹟の到来を信じながらそれが来なかつたといふ不思議、いや、奇蹟自体よりもさらにふしぎな不思議といふ主題を、凝縮して示さうと思つたものである。この主題はおそらく私の一生を貫く主題になるものだ。(12)

芸術家として再生すること以外に人生を生きる方法がなかった三島にとって、感受性(詩)は剰余物であり、敵であるのは当然だが、至福の源泉であるが故にそれはまた最も愛すべき自己自身でもあった。だから彼はそれに対する感情を「憎悪愛」と呼んだのだ。ふつうわれわれにとって、奇蹟がおこることが不思議で、おこらないことの方が自然である。しかし安里にとっては、海が割れることを当然のこととして信じたにもかかわらず、それが割れなかったことが、奇蹟よりももっと不思議なことなのである。

「詩を書く少年」の絵解きとも見るべき作品で、つひに海が分れるのを見ることがなかつた少年の絶望は、自分が詩人でないことを発見した少年の絶望と同じである。(もつとも好きな五篇の短篇に入れたいほど――引用者)愛着のある作だ。(13)

三島はこの外化され、客体化された詩そのものの自己を完全に抹殺し得た訳ではない。それもそのはず、詩そのものこそ彼の環るべき故郷であったのであり、真の自己の全てであったのだから。三十八歳の三島は死の観念に魅せられてしまう自己の性癖を「ロマンチックの病ひ(14)」と表現しているが、これは安里の心性にも通じているし、「十五歳詩集」の次のような椿事を待つ少年の姿にも通底している。

わたくしは夕な夕な
窓に立ち椿事を待つた、
凶変のだう悪な砂塵が
夜の虹のやうに町並の
むかうからおしよせてくるのを。

（「凶《まが》ごと」）

四

『仮面の告白』以後、自己の「詩」を対象化することを文学的主題（彼の場合、それが人生そのものの主題でもあったのだが）にしていた三島は、その頃の自分を「二十六歳の私、古典主義者の私、もつとも生のちかくにゐると感じた私、あれはひよつとするとニセモノだつたかもしれない[15]」と評している。そして三島文学の後期とは外化された「詩」と「詩人」が再び合一化しようとする運動であったが、その企てが成就するためには「行動」という新たなキー・タームによって、三島独自の「詩」の肉体化、肉体の「詩化」という方法論が導入されねばならなかった。何故なら「詩そのもの」とは、すでに文学ではないからだが、それもまた「詩そのもの」から文学に出発した彼の文学の、と同時に彼の生と芸術の宿命であった。しかし、ここではそのことには詳しく触れず、『仮面の告白』以後の、「詩」の外化、客観化の表現について述べることにする。

さて、三島が「詩そのもの」の至福にいた自己から、「詩」を対象化させて「詩人」（芸術家）となって再生することを文学と生の主題にしたのは『仮面の告白』を書くことができたからであるが、この頃から、小説と戯曲が表裏一体のジャンルとして相補的関係を結ぶことができたから、そのことが可能だった、とも言うことができる。しかしここで確認しておかなければならないのは、外化された「詩」とは彼の過剰な感受性であり、その意味では「詩人」もまた彼の「詩」の主体として同時に外化されていることだ。一方、「批評家的」な部分が、彼が「認識こそ詩の実体」と判断しているように、認識即詩、認識者即詩人即芸術家として、仮構された存在に転位したのであり、分離された両者それぞれに詩と詩人が存するが、彼は前者を「ニセモノ」の詩と詩人と称したのだった。要するに三島の「詩そのもの」の分離とは「感受性」と「認識」の分離であり、「認識」が作家主体に属し、「感受性」は外化された。しかし、作家主体は仮構であって、より肉体的実在と言えるのは「感受性」であることは言うまでもない。三島の芸術と人生がきわめてパラドクシカルであるのはここに起因している。

三島の文学的展開に於て、「詩そのもの」という理想は既に少年のうちに達成されていた。彼にとって、文学的表現の見地から、その自己充足を批判し、成長することは

「地獄」[16]以外の何ものでもなかった。彼の文学は、だから、その内容に於て、「失われた詩」を排斥・外化することを志向し、そこに新たな「詩」が生まれるのである。〈仮面の告白〉という標題はそのような、つねに肉感的実在（感受性）を排除しつづけ、仮構的主体（認識者）に己れの真実を開示させるという、彼の「詩」の構成法を最も簡潔に説明している。しかしながら、彼の言うホンモノの「詩」（認識）には肉感的実在性が欠けており、その告白は〈仮面の告白〉なのだ。おそらく、その不足感を満たし、もっと直截に「詩」を表現することができたのが戯曲だったと思われる。次の「fausse poésie」（ニセモノの詩——引用者）とはかつての少年の「感受性」そのものを指しているのだろう。

　私は妙な性質で、本職の小説を書くときよりも、戯曲、殊に近代能楽集を書くときのはうが、はるかに大胆率直に告白ができる。それは多分、この系列の一幕物が、現在の私にとつて、詩作の代用をしてゐるからであらう。私は二十代に入ると同時に詩作をやめてしまつた。自分が贋物の詩人であることに気がついたからである。しかし戯曲のありがたいことは、戯曲のみが fausse poésie を許容するやうに思はれることである。[17]

また「卒塔婆小町演出覚え書」（昭和二十八年）でもこう言っている。

現代における観念劇と詩劇とのアマルガムを試みるのに、たまたま能楽に典拠を借りたのである。台詞には、無韻の詩が流れてゐてほしいし、舞台には詩的情緒の醸成のもうひとつ奥に、硬い単純な形而上学的主題が、夜霧を透かしてみえる公園の彫像のやうに、確乎として存在しなければならない。

肉感的実在（感受性）と仮構としての表現主体（認識者）が、それぞれ詩人と老婆とに人格化され、互いに愛と憎悪の感情で惹き合い反発し合うドラマは、彼のニセモノの詩とホンモノの詩の「アマルガム」という、止揚された「詩」を自ら発露することになるだろう。「単純な形而上学的主題」とはそのような問題を言うのではなかろうか。

詩人は浪漫的な心情の持ち主で、若い恋人達を見て「愛し合つてゐる若い人たち、彼らの目に映つてゐるもの、彼らが見てゐる百倍も美しい世界、さういふものを尊敬」している。彼は彼の主観に老婆が美しく見えることを疑わず、九十九歳の小町を美しいと称えて死んでしまう。老婆は詩人に「つまらない。およしなさい。そんな一瞬間が一体何です」と彼の浪漫的心情を軽蔑しているのだが、三島にとってはこの詩人の死は痛恨事であった筈だ。とは言え、己れの中の「詩人」を殺し続けることが彼の文学でありまた人生そのものでもあった。このとき詩人は「こことおんなじだ。こことまるきりおんなじところで、もう一度あなたにめぐり逢ふ」と彼の運命を予感している。「詩人」を殺し続けることと同時に、詩人の〈転生〉もまた三島の意図するところであったのだが、この主題は後に『豊饒の海』にひき継がれていく。

一方、小町の「もう百年！」という心情の吐露は、詩人の再生を待ち続ける三島の心性と重なっている。既に経過した百年の速さを驚嘆したと解釈することもできるが、この場合、百年単位のくり返しを慨嘆したのであろう。劇の初めと終わりの「ちゅうちゅう、たこかいな」という老婆の「認識」を象徴する言葉は、三島の「認識者」（芸術家）としての空漠たる心性を表してもいる。小町はこう言うのだ。

奇蹟なんてこの世のなかにあるもんですか。奇蹟なんて、……第一、俗悪だわ。

そして詩人から生甲斐は何だと聞かれて、「かうして生きてゐるのが、生甲斐ぢやないか」と、その心の空白、もしくは仏法的な生の解釈を語っている。三島の仮構としての芸術家の心性（認識）は、おのずから仏法的心性と重なるのだ。小町の詩人の造型について三島はこう言っている。

小町は、「生を超越せる生」、形而上学的生の権化である。詩人は肉感的な生、現実と共に流転する生の権化である。小町には、決して敗北しないといふことの悲劇があり、詩人には、浪漫主義的な「悲劇への意志」がある。二人の触れ合ひはこの種の誤解と、好奇心と軽侮をまじへた相互の憧れに基いてゐる。(18)

この劇では、かつての〈詩を書く少年〉は、青年詩人と九十九歳の小町に分離し、青年詩人は生の、老婆は不死の比喩的人格となっているが、この生と不死は、その生と不死の内実において、それぞれ、逆説的な死と生の比喩だったのである。すなわち、詩人は死して幾度も転生し、老婆は肉感的には既に死んでいる。

三島文学にとって、ということは彼の「詩」と「詩人」の主題にとって、小説というジャンルを補うために戯曲が要請されたのだが、文学の表現内容(思想)と表現形式(文体)の両面で不可欠だったのが中世である。早くから中世文学に親しんでいた三島は『中世における一殺人常習者の遺せる哲学的日記の抜萃』(昭和十九年八月)や『中世』(昭和二十年二月)を書いているし、『近代能楽集』や『金閣寺』は勿論中世と深くかかわっている。

少年期と青年期の堺のナルシシズムは、自分のために何をでも利用する。世界の滅亡をでも利用する。鏡は大きければ大きいほどいい。二十歳の私は、自分を何とでも夢想することができた。薄命の天才とも。日本の美的伝統の最後の若者とも。デカダン中のデカダン、頽唐期の最後の皇帝とも。それから、美の特攻隊とも……。(19)

三島はナルシシズムと言っているが、その深部にあるのは中世的「終末感」であって、おそらくそれは三島の資質から出たものを、「中世」と重ねて見ていたのであろう。だから、必ずしも末世的な戦時下の自己を「中世」や「頽唐期」の将軍に重ねただけではなく、表現者にとっての、その内容と形式が、就中縁の深いものであった。『新古今集』の表現について彼はこう言っている。

新古今の叙景歌には、風景といふ「物」は何もない。確乎とした手にふれる対象は何もない。(略)それは心象を映す鏡としての風景であり、風景を映す鏡としての心象ではあるけれど、何ら風景自体、心象自体ではないのである。それならさういふ異様に冷たい美的構図の本質は何だらうかと云へば、言葉でしかない。但し、抽象能力も捨て、肉感的な叫びも捨てたその言葉、これらの純粋言語の中には、人間の魂の一等明晰な形式があらはれてゐると、彼らは信じてゐたにちがひない。(20)

三島の評論は、彼の「詩」(小説も含めて)を補完的に説明する「詩論」の役割を果たしているが、ここでも中世歌人の表現について述べながら、自身の表現について語っている。

既に述べたように、彼の文学はすべて己れの「詩」を表現するものであったし、「告白」であった。「魂」の表現とも言えよう。魂はモノ、モノは魂として表現される。しかし乍ら、彼が表現方法として終生採用しなかったのは、表現者の実感実情をそのまま表現する方法即ち「私小説」的手法であり、彼がとり入れたのは、「仮構」の表現主体が「告白」するという方法、即ち、表現者の「不在証明《アリバイ》」なのだった。彼の内包は「認識」がすべてであり、彼の「認識」は、当然のことながら、人ならぬ何者かの言葉になって表現されるだろうし、硬質の冷涼たる様相を呈することになるだろう。このような彼自身の表現を「明晰な形式」と言ったのである。

能の中でも、とりわけ世阿弥の能及び能楽論は、三島の「詩」と「詩人」の理想を備えていた。(21)「能は、いつも劇の終つたところからはじまる」(「変質した優雅」昭和三十八年七月)「すべて美は過去にしかない。理想は過去にしかない」(「鼎談・世阿弥の築いた世界」昭和四十五年七月)と言っているように、彼の「失われた詩」を「失われた時」の回復に於て求める表現は能とぴたりと重なる。『大原御幸』の建礼門院についてこう言って、彼自身の表現の秘密を開陳している。

彼女は地獄を見たからこそ、この世における存在理由といふものが、ほかの人と違つちやつたんですね。芸術家ですね。その存在理由の違ひを書くことが芸術なのであつて、彼女は地獄を表現することはできない。（略）「私」の存在理由は明らかなのです。地獄を見た人間なのです。それは表現できないのです。こだわる必要はなにもないのです。神でもいいです。芸術家を人から聖別する。そこだと思ふのです。（略）芸術家といふのは、さういふ認識者であるといふことが第一歩だから、さうすると、認識者のみが神及び地獄を見うるのだから、才能といふものは、認識者としての宿命と非常に関係があつて、そこから出発するのだと考へるほかないですね。[22]

「近代」という〈個人〉の時代は、換言すれば、「世界」と「自己」の創造がすべての個人に一任されているということでもある。しかしまた、それがいかに出来損いの「世界」と「個人」であっても、権利がそれを保証する。美と芸術は権利とは無関係に、感性的真実に基づいて「個人」と「世界」を創造する。彼、芸術家はまず己れと世界の醜悪さに目をつけるだろう。美は醜から生まれる花である。とすれば、彼の「詩」と「詩人」の分離こそ、近代人三島の使命であり、宿命でもあった。「詩そのもの」の至福から自らを追放し、「認識者」という「仮構」の地獄を生きることが彼の人生であり、また文学であった。あるいは、「詩そのもの」を失ったことが彼を芸術家にしたという言い方も許されるだろう。

〔注〕

（1）『新潮文庫　花ざかりの森・憂国』解説、一九六八年九月

（2）「この少年は、詩人であるよりむしろ詩の領域にあり、詩そのものだった」（『鑑賞日本現代文学23　三島由紀夫』角川書店、一九八〇年一一月）という田中美代子の指摘がある。

（3）「先行する言葉だけの詩を書き、それを才能と信じて疑わない幸福なにせものの詩人たちが、いがいに少なくないのではあるまいか」「ここにはおそらくひろく現代詩、および数多い現代詩人に対する批判があり、またこれを典型として、自己批評の目を欠いた日本文学の現状批判にまで発展する性質の問題を含んでいる」「しかし彼が「自分はもはや詩人ではない」というときに、この言葉に籠《こ》められている感慨は、より本質的に「詩」全体をにせものと断せざるをえない末世的な現実、すなわち言葉それ自体のにせもの性に対する深い無念の情であるようにも思われる」

（いずれも前掲（注2）に同じ）というような指摘もある。
（4）「自己改造の試み―重い文体と鷗外への傾倒」（初出「文学界」一九五六年八月）
（5）「私の遍歴時代」（初出「東京新聞」一九六三年一月十日～五月二十三日）の一九六四年のことを語った件。
（6）「『仮面の告白』ノート」（初出「書き下ろし長編小説月報5」河出書房、一九四九年七月）
（7）前掲（注6）に同じ。
（8）前掲（注6）に同じ。
（9）前掲（注6）に同じ。
（10）前掲（注5）に同じ。
（11）『三島由紀夫短篇全集4』あとがき、講談社、一九六五年六月
（12）前掲（注1）に同じ。
（13）『三島由紀夫短篇全集5』あとがき、講談社、一九六五年七月
（14）前掲（注5）に同じ。
（15）前掲（注5）に同じ。
（16）前掲（注1）に同じ。
（17）「同人雑記」（初出「声」一九六〇年七月）
（18）「卒塔婆小町演出覚え書」（初出『新選現代戯曲5』河出書房、一九五三年一月）
（19）前掲（注5）に同じ。

(20)「存在しないものの美学――「新古今集」珍解」(初出「解釈と鑑賞」一九六一年四月)
(21)「日本の古典と私」(初出「秋田魁新報」一九六八年一月一日)
(22)「対談私の文学を語る」(初出「三田文学」一九六八年四月)

Ⅱ　三島由紀夫の劇

――『近代能楽集』論――

1 『邯鄲』論
――花ざかりの悟り――

一

『邯鄲』は能（謡曲）の翻案化第一作として、昭和二十五年十月に雑誌「人間」に発表された。爾後、『綾の鼓』（昭和二十六年）、『卒塔婆小町』（昭和二十七年）、『葵上』（昭和二十九年）、『班女』（昭和三十年）と書き継がれ、ここまでの五作品を収めた『近代能楽集』が昭和三十一年四月に新潮社から刊行されている。

その後、さらに『道成寺』（昭和三十二年）、『熊野』（昭和三十四年）、『弱法師』（昭和三十五年）、『源氏供養』（昭和三十七年）、の四作が発表され、以上の九作品から、作者自身によって、『源氏供養』が廃曲にされ（1）、残りの八作品が昭和四十二年三月に、『新潮文庫　近代能楽集』として、編集・刊行されたのである。

　集中、評価の高い『綾の鼓』『卒塔婆小町』『葵上』『班女』などに比較して、『邯鄲』は作品としての評価もそれほど高くはなく、研究・批評もほとんどない。しかし作品評価のみならず、『邯鄲』をめぐる諸問題は、『仮面の告白』『金閣寺』『豊饒の海』などの主要作品の問題と密接に関わっており、『邯鄲』の研究意義は決して小さい訳ではない。

　その問題をいくつか挙げてみよう。まず、主題として通底している終末観または空無観と作品末尾の「生きたい」という欲求との関わり。三島の戦後日本に対する社会観とそれとの距離及びそれへのコミットメントのしかた。ほぼ同時期に書かれた『仮面の告白』（昭和二十四年七月）との関連性。三島という作家にとって文芸ジャンルとしての小説・詩・戯曲はそれぞれどのような関わり方をしていて、ジャンル間の関係はどうだったのかという問題。三島と中世文学との関連。とりわけ能（謡曲）受容のありよう。仏教哲学の影響等々。

　以下、これらの諸問題について、作品形象の分析・解釈と関連させつつ考察を試みたいと思うが、ここでの主眼は、『邯鄲』が三島の古典主義時代の哲学的基底を形成した作品であることを明らかにすることである。

さて、原曲の『邯鄲』では、蜀の国の青年盧生が仏道に入ることを願わず、ただ漠然と無意味な人生を過ごしていることを大いに反省し、楚国の羊飛山に住むという善知識（高僧）に人生の意義を尋ねたいと発心し、家を出る。旅中、邯鄲の里で、「来し方行末の悟りを御開きある枕」（『謡曲大観』）で眠り、粟飯の一炊の夢の間に、楚国の王位に就き、五十年の栄華と歓楽を尽くした後、千年の寿命を保つ酒を飲む。夢から醒めた盧生は、栄耀栄華を極めた五十年も一炊の夢にすぎないのだから、我々の人生もまた夢のようにはかないものだと悟達して帰国する。能柄は四番目物（物狂い）で一段劇能であるが、夢幻能の一種とも言えよう。主題は劇の「終り」に凝縮されているのだが、岡本靖正の言うように、「夢幻能あるいは準夢幻能」の「興趣は、通常、まさに「夢幻」「物狂い」そのものにあるわけで、構成の中心はそうした「中間」部に置かれ、曲の「終り」そのものにはさほど力点はな」(2)く、光輝燦然たる宮城での歓楽の場面に能としての「面白さ」が集中的に盛り込まれている。

三島の近代能は、これに対して、十八歳で「僕の人生はもう終つちやつた」と言う次郎が、十年ぶりでかつての次郎の乳母役の女性・菊の家を訪問し、邯鄲の枕で寝る。夢の中で美しい妻を得、子を儲け、社長になり、元首（独裁者）にも就任するが、夢を見る前、菊に「女はシャボン玉、お金もシャボン玉、名誉もシャボン玉、そのシャボン玉に映つてゐるのが僕らの住んでゐる世界」だと言っていたその言葉通り、地位・名誉・財産・権力・家庭的幸福など（超現実的で光彩陸離たる能の栄華に比較して現代の栄華は何と貧寒だろう）の全てをにべもなく拒否する。夢の中でも素直に生きようとしない次郎に老国手は毒を勧めるが、「それでも僕は生きたいんだ！」と毒を覆す。この瞬間、夢は醒め、それまで枯死していた庭中の花が一時に花ひらいて活き返り、次郎と菊の共生を予想させて幕切れとなる。主題は曲の「終り」に凝縮されている。

原曲と近代能の関係について、三島自身の解説らしきものがあるので、挙げておく。『卒塔婆小町』を書いた昭和二十七年、『邯鄲』と『卒塔婆小町』の主題について、三島はこう明言している。

主題については、余計なことを云つて、観客を迷はせてはならないが、作者自身の芸術家としての決心の詩的表白である点で、〝邯鄲〟と同工異曲である。つまり作者は登場する詩人のやうな青春を自分の内にひとまづ殺すところから、九十九歳の小町のやうな不屈な永劫の青春を志すことが、芸術家たるの道だと愚考してゐるわけである。(3)

（傍点は引用者）

この説明に従えば、次郎が十八歳にして「僕の人生はもう終つちやつた」「女はシャボン玉、お金もシャボン玉、名誉もシャボン玉、そのシャボン玉に映つてゐるのが僕らの住んでゐる世界」と言い放つのは、次郎即ち三島が自身の内の青春（生）を「ひとまず殺し」たことの証しであり、「僕は生きたいんだ！」という叫びは「永劫の青春を志し」、「芸術家たるの道」を行こうとする決意の表れである。盧生がただ漠然と無意味な人生を過ごしていたことを反省して発心したのに対して、「近代能」の主人公は、はじめから終末意識に充たされている。盧生が夢の醒め際に劇的に人生の無常を悟り得た、その劇の終わったところから「近代能」は始まっており、その意味で、次郎は悟達した盧生の後身なのだ。次郎の悟達については、三島は次のように述べている。

ひとくちにアダプテーションと云つても、「邯鄲」は能の邯鄲の主題を百八十度転回させたものであり、解釈は逆になつてゐる。つまり悟達の代りに生への再出発が暗示される。(4)

悟達した盧生＝次郎が現代に再生した意味はどこにあるか？　一つには三島の言うように悟達した身が如何にして「生への再出発」を果たすかということであろうし、今一つはその「生への再出発」の前に試みられるべき「生への挑戦」「生との対決」であることは作品構成から判断しうる。次郎は、はじめから菊が邯鄲の枕を持っていること、菊の夫たちがこの枕で寝、人生が馬鹿らしくなって出奔してしまったことを知悉していて、枕の効き目を試しにやって来たのであった。

あれあれもう決めてるよ。僕には枕のききめはないんだ。ききめがないといふことを、わざわざためしに来たんだのに。（傍点は引用者）

盧生は偶然に枕と出会い、宿の女主人の勧めに素直に従って枕を使い、素直に歓楽を享受したゆえに、偶然に悟りを得た。これとは逆に、次郎の行動は終始一貫、意識的というより意志的であり確信に充ちている。しかしこうして枕の夢に挑戦しに来た次郎の言葉はどこか軽はずみで悪びれた響きを持っていることも確かである。というのも、現代社会の、ことに平凡な日常生活の言葉空間においては、仏教的悟達や無常観はそのままでその中に浸透することはほとんど不可能だからではないだろうか。もし、日常生活がそれを受け入れれば、日常はたちまちにして解体崩壊せざるを得ない。とりわけ戦後社会は超越的なものの、絶対的なものを排除することによって社会的基調を作りあげてきたのではなかったか。三島の「戦後民主主義」に対する呪詛のような嫌悪が想起される。

二十五年前に私が憎んだものは、多少形を変へはしたが、今もあひかはらずしぶとく生き永らえてゐる。生き永らえてゐるどころか、驚くべき繁殖力で日本中に完全に浸透してしまつた。それは戦後民主主義とそこから生ずる偽善といふおそるべきバチルスである。[5]

この「戦後民主主義」浸透の契機は敗戦であり、また最大の特徴は「絶対的なもの」「超越的なもの」の欠如にあると思われる。それは必ずしも政治的な体制のことではなく、もっと感覚的な個々人の発想のレベルのことであろう。宗教も政治も芸術も人々の生活も意味と根本原理を欠いて虚しく空転する現在の状況を予見した一節。

日本はなくなつて、その代はりに、無機的な、からつぽな、ニュートラルな、中間色の、富裕な、抜目がない、或る経済的大国が極東の一角に残るのであらう。[6]

中世人たる廬生の仏教的悟達の言葉が「戦後民主主義」の言語空間でいかに空しく響くしかないか。次郎の言葉は、むしろ廬生の悟達を戦後社会の軽躁な空間にアダプトさせたものと考えられる。

夢の中の「栄華」は、戦後社会では所謂家庭の幸福・物質的満足・地位・権力等がそれに相当するのだが、これは能の「栄華」の現代的アダプトではなく、質的に全く異なったものである。

もとより高き雲の上。月も光は明らけき。雲龍閣や阿房殿。光も満ち満ちてげにも妙なる有様の。庭には金銀の砂を敷き。四方の門辺の玉の戸を。出で入る人までも。光を飾る粧ひは。まことや名に聞きし寂光の都喜見城の。楽しみもかくやと思ふばかりの気色かな。(7)

極楽の都・須弥山頂の宮殿喜見城に喩えられた宮城のさまである。

東に三十余丈に　銀の山を築かせては。黄金の日輪を出だされたり　西に三十余丈に黄金の山を築かせては。銀の月輪を出だされたり。たとへばこれは。長生殿の内には春秋をとどめたり不老門の前には。日月遅しといふ心をまなばれたり(8)

月人男の舞なれば。雲の羽袖を。重ねつつ。喜びの歌を。謡ふ夜もすがら　謡ふ夜もすがら　日は又出でて。あきらけくなりて。夜かと思へば　昼になり　昼かと思えば月またさやけし　春の花咲けば　紅葉も色濃く　夏かと思へば　雪も降りて　四季折々は目の前にて。春夏秋冬万木千草も。一日に花咲けり。面白や。不思議やな(9)

超自然的、永遠的風景に陶然として見入る盧生。この風景への入口は王位であったにせよ、盧生はその地位と権勢にのみ歓楽の因をもとめたのではない。偶然と無意志ゆえにこそ「極楽」の如き風景とそれにふさわしい境位を素直に楽しみ得たのであって、この風景は切実な発心ゆえに到達しえた盧生の心象そのものでもあったのだ。「中世の人」として夢の中に招来された盧生がこの風景に陶酔するのは当然である。原曲の『邯鄲』がその典拠（本説）と目される『枕中記』の原形を殆どとどめていない程に改変されたのは、中世文学のベクトルに従って、彼岸的歓楽から、彼岸的風景への質的転換が求められたからではないか。『枕中記』は現世的利益を望みそれを得るという話なのである。不老長寿・登仙（月世界の人となること）の「永遠の夢」の中に生きたからこそ盧生は忘我として時のうつろいを忘れ酔ったのであって、決して現世的「栄華」に酔ったのではなかった。

　堂本正樹は近代能の「時代相」は作品の執筆時の昭和二十四年頃の「時点で理解されなくてはなら」ず、三島は「戦後社会の矛盾に満ちた実相について既に知悉しており、それへの拒否の上で回帰した魂の故郷たる菊の家で、今一度自己の確信を深化させ」るのであり、「夢の中の「社会」は、当時の現実だった」[10]と要を得た見取り図を提示しているが、近代能の夢の中の「栄華」は、どうして「中世の人」が夢見た極限的、彼岸的「栄華」などではなく、日常的制限のうちに収まった、現実的に入手可能な、人生上のささやかな、あるいは壮大な「幸福」や「成功」に他ならない。そしてその風景とは「戦後の皮相な民主主義社会」[11]そのものなのである。次郎が盧生の後身であるなら、そのような風景の中に自己を定位させようとすればどうなるかは明らかである。

　戦後日本の社会的現実をもって、「栄華」の風景が置き換えられている。堂本正樹は「その総てを拒否し、今一つの空間価値を選択し、そこで真に「生きる」ために、現実的関心の一切を捨て去」り、「その旗印を掲げるために、社会的にまず死なねばならなかった」[12]と戦後社会と三島の関係を説いている。吉田精一も「はじめから現世の栄誉を空無と感じ、それにまどわされずに生きた」[13]と説く。両者に根本的な違いはない。「登場する詩人のやうな青春を自分の内にひとまづ殺すところから、九十九歳の小町のやうな不屈な永劫の青春を志すことが、芸術家たるの道」だという三島の決意を考慮しても、こういう解釈は当然であろう。しかし三島が謡曲『邯鄲』をいかにアダプトしたのかは、それ以前の問題である。次郎が盧生の後身だとすれば、原曲の夢の中の「栄華」を生きた後で、人生のはかなさをつくづく思い知り、悟達の心をもって、「近代能」の風景の中に再生したのであり、「近代能」は、その盧生が戦後の民主主義社会に身を置いたとき、社会に対していかにコミットするかという問題が、三島の動機《モチーフ》として、謡曲を渉猟するうちに、まず打ち立てられたと思われる。

「邯鄲」は同名の謡曲の現代化と謂つてよいものである。解釈は一見顚倒してゐるが、それは生活感情が顚倒してゐるせゐで、謡曲の作者も現代に生れてゐれば、かういふ主題の展開法をとつたであらう。だからこの戯曲は、謡曲「邯鄲」の忠実な飜案といつてもよいものである。[14]

（傍点は引用者）

つまり、これは現代の生活感情を基準にすれば、「能の邯鄲の主題を百八十度転回させたもの」になり、中世の生活感情を基準にすれば主題は同じだと言っているのだ。要は読者の心が「中世の人」のそれと違っているだけで、作者も作品（意匠こそ変わっておれ）も中世のそれだということである。謡曲の作者と同じ心をもって作品を書いたと言うこと。つまり近代能は、三島という「中世のこころ」を持った人が現代に於て、いかにその風景にアダプトするかという試みだったのである。

二

はじめに前節で触れられなかった作品終末部と主題について述べておく。夢の終わりのところで、老国手から「一度だつてこの世で生きようとしたことがない」と毒薬を勧められた次郎が「いやだ、僕は生きたいんだ！」と拒絶する。老国手は「生きながら死んでゐる身」とも言って次郎を批難するのだが、これは勿論的はずれだ。悟達とは現代人の目から見ていかに反社会的に映ろうと、作者の言うように、中世の人と比較して現代人の「生活感情」が顚倒している上に、その外形だけしか見ていないからであって、悟達自体はもともと「生活感情」を基準にして批難しうるようなものではない。その「こころ」の深淵さにおいて、全く次元の異なる悟達の境位を批難する老国手はまさに戦後社会の価値体系を代表する人である。即ち、近代能では、夢そのものの質的転換がおこなわれており、夢の世界とは戦後日本の風景そのものである。そこで三年眠り続けた次郎は、実は眠り続けたのではなく、「悟達の人」として「覚醒」していたのであり、次郎の態度は悟達の反語的表現なのである。

次郎は十八歳、十年前に菊と別れたままになっており、その他の時間や一箇所だけ記されている〈東京〉を除いて、場所に関しては何ら具体的記述はない。仮に『邯鄲』執筆時と作品の時間を重ねてみると、次郎は昭和七年生まれ、敗戦時には十三歳ということになる。菊と別れる前には「僕の人生はもう終つちやつた」などと言っていた訳ではないから、その人生観は八歳以後に形成された筈である。次郎の東京の家も戦火で焼かれたと思われるが、そうだとすれば、次郎の人生観も戦争と敗戦および戦後社会の実相を体感する過程で形成されていったのであろう。つまり敗戦を境に、次郎は一旦死に、盧生として再生したのである。しかし、十八歳という年齢と東京に住んでいたこと位しか具体的な条件が設定されていないことは、何か別の作者の意図が隠されているようである。

しかし私の近代能楽集は、むしろその意図が逆であつて、能楽の自由な空間と時間の処理や、露はな形而上学的主題などを、そのまま現代に生かすために、シテュエーションのはうを現代化したのである。そのためには、謡曲のうちから、「綾の鼓」「邯鄲」などの主題の明確なもの、観阿弥作のポレミックな面白味を持つた「卒塔婆小町」のやうなもの、情念の純粋度の高い「葵上」「班女」のやうなものが、選ばれねばならなかつた。[15]　（傍点は引用者）

ここでも「（『邯鄲』は）露わな形而上学的主題」を「そのまま現代に生か」し、「シテュエーションのはうを現代化した」とはっきり述べている。先にも『邯鄲』は「謡曲の現代化」「（原曲の）忠実な飜案」と述べたところを引いておいた。『近代能楽集』の八編の中で、主人公の人生観（世界観）に戦争という具体的体験が決定的な影響を与えているのは『弱法師』であって、『邯鄲』には作品中に戦争の事実は直接もちこまれてはいない。「あの部屋は戦争でもう焼けてしまった」と一言加えれば、歴史的条件は具体的になった筈なのに、むしろ「近代能」の書き方は、結果的に戦争という具体的事実を捨象して現代一般を描くことになっている。次郎も内面世界（結果的に、人生観・世界観）以外は、特異な現実を生きている特別な人ではなく、無為の青年一般として描かれている。要するに、作者が説明するように、具体性の捨象によって「舞台の空間からの自由な飛躍」が行われており、それは「露はな形而上学的主題」を生かすためであって、主題も方法も、いわゆる新劇風の近代リアリズム劇とは全く次元をことにする異質の劇であり、能（謡曲）に近いのである。こうして能は「形而上学的主題」をそのまま生かすために、「シテュエーション」のみを現代化――現代一般にアダプトされているのであり、近代能『邯鄲』は原曲の後日譚の趣きを持つことになった。そして、そのことによって、歴史的具体的リアリティーよりも、形而上的な「こころ」の問題、即ち「生きることの意味」がきわめて純粋化されて問われることになったのである。昨今では既に死語に等しい蒼古としたこの言葉を甦らせたのは三島の「中世のこころ」だった。「シャボン玉に映つている」世界の「もう終つちやつた」人生をいかに内実あるものとして生きていくか、またそのことは可能かという、いわば「逆説的な生」の方向づけと検討が、このときの三島の切実な問題だったのであり、その問題がこの作品の主題になったと思われる。多くの日本人がそうしたように壊滅的な敗戦を直ちに日本の再生と結合させずに、敗戦を純粋に「日本」の消失とその持続と受けとめて、その消失した「日本」での再生を模索したが故に、『邯鄲』は三島のその消失(死)と再生を逆説的に表現することになるだろう。

原曲では悟達を得るまでの廬生は描かれていても、彼がその悟達を得たまま、俗世をどのように生きたのかという後日譚は描かれてはいないのである。

「能はいつも劇の終つたところから始まる」(16)と三島は言っているが、それは夢幻能の基本的形式が死者の語る生前の劇《ドラマ》であり、語る時点で既にその劇《ドラマ》は終わっているということだ。語り手＝為手《シテ》は既に世界の全貌を見た人であり、彼にとっては未知というものはなく、総ては既知なのである。因みに、彼ら異次元空間の人とこの世を繋ぐのが、空間的には「鏡の間」(あの世)と能舞台(この世)に渡された「橋懸り」であり、人物の中では「脇《ワキ》」

（多くは僧侶）である。このことは後に詳しく述べるが、次郎もいつからか世界の全貌を見てしまったと確信し、その時に彼は盧生その人としてこの世界に投げ出されたのであり、その時から彼の人生の劇《ドラマ》は終わり、彼の精神はただ無常（滅び）の時を刻み続ける永久機関(17)となる。彼にもう一度劇《ドラマ》がおこるとすれば、作品結末部の次郎の「叫び」と庭の再生の場面に凝縮して表現されている劇《ドラマ》である。この「叫び」について三島はこう述べている。

> 盧生は悟りに到達する前に邯鄲の枕に頭を横たへるが、次郎は悟後の心境で枕に伏し、むしろ邯鄲の枕といふ神秘を実験してやらうといふ探究心あるひは好奇心にかられてゐる。最初から懐疑が信仰の邪魔をしてをり、それを考へると悟達の心境といふものも、信仰によつてではなく、懐疑によつて到達されたものらしい。その少年がどういふ経路を経て「生きたい」と叫ぶにいたるかが、新曲の主題である。(18)
>
> （傍点は引用者）

これは近代能の翻案の核心に触れた言葉である。すなわち（一）はじめから悟達している（或いはしていると思われる）次郎が、（二）原曲とは全く違った夢の中で「生きよう」とせず、（三）夢の醒めぎわに「生きたい」と叫ぶに至る、という作品構成＝作者の論理について語っているのである。（一）については既に述べたように、次郎は、いわばア・プリオリに終末観に充たされており、言いかえれば、彼は悟達後の盧生の後身であり、作者自身と重なる。（二）（三）については、終末意識に充ちた次郎が「生きる」意味を検討し、また生のビジョンを打ち立てる意図が、そこにはある。夢の中の風景を想起しよう。戦後社会の風景そのもののようであるその風景は、原曲の風景とは天と地ほどの違いがある。盧生が夢の中で目もあやな風景（色）に時を忘れて陶然とした（即是色）ことは、「色即是色」の世界を生きたことであるが、夢の醒めぎわに、終わりのないと思った歓楽も一炊の夢にすぎないのだから、人生そのものもはかないものだと悟ったとき、盧生にとって、この世界は、瞬時にして「色即是空」に変貌した。同時に世界は、既にそのままで、究極の姿に達している＝「空即是色」と言うことも直覚した。原曲にそのことは記述されていないけれども、中世の仏教受容から推して、その程度の理解は当然で、だからこそ、わざわざ記述する必要がなかったのだろう。「げにありがたや。邯鄲のげにありがたや邯鄲の。

夢の世とぞ悟り得て。望みかなへて帰りけり」という盧生の喜びようは、その悟達が彼の感覚的真実でもあったことの表現である。

「近代能」の夢の中では、家庭的幸福・物質的満足・地位・権力などの諸価値（色）が全ての価値であり（即是色）、精神的価値は完全に排除されている。そのことは次郎が夢の中で「素直さを欠いてをる」と、老国手が責めることでも逆説的に証されている。つまり、夢の中の風景は「色即是色」ではあるけれども、仏法では、それら諸価値は「虚仮《こけ》」（空）とされるもので、それを実体あるもの（色）とするのが戦後社会の真実である。それゆえ、次郎は次々にそれらの諸価値を否定し、ついには眠りつづけたのであり、仏法からすれば当然の行動で、何の不思議もない。だから夢の醒めぎわに次郎が確信したのは、戦後社会そのものが夢を見る前のイメージ通りであり、「虚仮」（空）であることと、終末観そのものが、（夢の中で酔わなかったがゆえに）仏教哲学の裏付けを伴った感覚的真実であり、盧生が悟達に達した後、人生を生きるために喜んで家路に就いたのと同様、人生を生きる意義を悟達そのものに見いだしたということである。つまりこのとき次郎が盧生の後身たることが証明された。次郎もまた、ただ生きるために生きることが人生の真実の姿であり、そのことだけで世界は究極の姿をしていることを悟達したのである。

菊や、それがほんたうだよ。つまり菊やは生きるんだよ。

菊に向かって語る次郎の言葉は、自身の再生宣言でもあり、夫の再帰という現世的望みを払拭し、ただ次郎との共生だけを純粋に生きていくことを喜びとする菊に対しての説述と祝賀の言葉である。夢から醒めたときの、「百合も、薔薇も、桜草も、すみれも、菊も」が一時に花開き、庭が再生する場面の表現は、自然に反しているからこそ、何かの比喩または象徴的表現なのであり、それは次郎と菊との再生を象徴しているのであろう。「却つて安心したやうな、力強い気持」「十年前の自分がかへつてくるやう」「新らしい土地へ来たやうな気が（する）」「こんなすがすがしい朝はない」――菊の再生は、次郎を無条件かつ全面的に是認し、うけ入れることで果たされた。次郎の「語り」は菊という「聞き手」の存在があってはじめて成立し、一方、菊はこの劇《ドラマ》の証人でもあり、「共犯者」でもある。次郎と菊は一対であり、能の「為手」と「脇」の関係にあって、両者とも作者の分身なのだ。ことによると、次郎は菊の再生を意図してここにやってきたのかもしれない。両者を結びつけているのは深いレベルの「愛」である。堂本正樹は二人の関係と再生した庭について、

三島の永遠の保護者たるばあや菊の、失われた性感の表現でもあるこの庭。故郷の花は、日本の芸術への殉教者を得て、初めて咲き出すのだ。[19]

（次郎は）菊の棲むお里に埋もれようとする。これこそ、日本の故郷たる、伝統への回帰であった。[20]

としているのは卓見である。しかし、もう少し限定的に言えば、この庭は「中世のこころ」の比喩であり、菊のような存在がなければ、たちまちにして消失してしまう「抽象的空間」の比喩である。『近代能楽集』という名の「抽象的空間」は、やがて『弱法師』の級子のたった一言で解体する運命にある。

三

ここでは、『邯鄲』と近い時期にかかれた『仮面の告白』との関連性、仏教哲学の受容について、それぞれ『邯鄲』の主題との関わりにおいて論じてみたい。

昭和二十三年八月に、河出書房から書き下ろし長編小説の依頼を受けた三島は、同年九月二十二日に大蔵省を辞職し、昭和二十四年四月に『仮面の告白』を脱稿、七月に刊行した。『邯鄲』発表までの一年余りの間、『愛の渇き』（昭和二十五年六月）を刊行し、『青の時代』を同年七月より連載し始めている。しかし『邯鄲』は、その作品の主題・動機において『仮面の告白』と最も濃密な内的関連性を持っている。

三島が他の多くの近代文学作家とは異質であることはよく言われる通りだ。とりわけ、多くのリアリズム作家とは違って、三島はかくありたいという切実な欲求に促されて創作するタイプの作家であり、だからこそまた、作品によって掣肘される作家であったが、しかしそのことがかえって彼の文学にリアリティーを持たせたし、彼の作家的良心でもあったように思う。そのような作家として『仮面の告白』で本格的な創作活動を始めたことは、彼の文学を決定的に方向づけた。

三島にとって、戦争そのものは大きな関心をひかなかったようだ。むしろ敗戦後の日本社会及び日本人のありようと、その中で自己をどのように定位するかということの方が問題だったのである。殆どの日本人にとって、敗戦は再生に直接接合することになったが、戦時下の特殊な状況は、彼のような特異な美的趣味の持ち主にはむしろ自由を感じさせ、戦後の日本社会と日本人の再生には、違和感を感じざるをえなかった。人々が積極的にせよ余儀なくされたにせよ、廃墟からの再出発をはじめたとき、三島は自己の死を直感した。[21]そのような自己の特異性そのものを白日のもとに晒すこと——戦争の終わった時に一度死んだ自己を徹底的に解剖し分析して、その「結果報告書」を作成するということ——がこの作品の主な問題だった。端的に言って、『仮面の告白』には、再生は不可能だということの確認の連続があり、そのことによって逆説的な「生への哲学」[22]が形成されていく。しかし『仮面の告白』の「生への哲学」には、その「生への哲学」を肯定する「(ぎらぎらする)始源のエネルギー」[23]が充満しており、このエネルギーこそが、三島の逆説的な再生を支えていた。「生の哲学」を「ギラギラするエネルギー」で支えつつ、逆説的に生を生きることが、三島の戦後だった。そのような生の総体が三島の古典主義時代であり、そのありようは、実は「終末観」から戦後社会を批判し挑発し、自らの生きるべき姿をその戦後社会の中に、特異な姿で描き夢見ることであった。

しかし『仮面の告白』においては、そのエネルギーは強力でも、戦後社会と対決するための「生の哲学」はまだ完成しているとは言えない。

> この本は私が今までそこに住んでゐた死の領域へ遺さうとする遺書だ。この本を書くことは私にとつて裏返しの自殺だ。（略）この本を書くことによつて私が試みたのは、さういふ生の回復術である。(24)

> 私が送つてゐた生活は死骸の生活だつた。この告白を書くことによつて私の死が完成する・その瞬間に生が恢復しだした。(25)

「生の回復術」という意図と「生が恢復しだした」という実感は述べられてはいるが、まだここでは「終末観」を生きる方法を逆説的に用いるという錬金術は創出されてはいない。それはおそらく、まだ能という芸術と時間軸上でつながっていず、また、仏教哲学と形而上学の軸でつながっていないからであろう。『邯鄲』は「生の回復術」を果たした後の、爾後の「生」の様態（ありよう）を形成しようとしたのである。次郎の「終末観」が夢の体験を経由して、「生のための哲学」となる劇《ドラマ》――「芸術家たるの道」とは、そのような形而上的内実を持った言葉ではなかろうか。劇中、二度叫ばれる「それでも僕は生きたいんだ！」という叫びは『仮面の告白』の「生の回復術」に連続しているが、覚醒後の「菊や、それがほんたうだよ。つまり菊やは生きるんだよ」という科白には、明確な次郎自身の「生のありよう」の確認の意味もこめられている。このように、きわめて精神的な劇《ドラマ》は、三島が能（中世文学）の中に「芸術家たるの道」の最も理想的なかたちと「生の哲学」＝「仏法」を発見し、受容したときに始まった。彼は日本文学では能に最も魅力を感じると言っている。

結局あとになつてみると戦争中の少年期に私が親しんだ古典のうち、最も私に本質的な影響を与へ、また最も私の本質と融合してゐたのは、能楽であると思ふ。戦時中の作品「中世」がそれであるし、戦後の「近代能楽集」や、小説「金閣寺」から「英霊の声」にいたるまで、能楽はたえず私の文学に底流してきた。能のもつメランコリー、その絢爛、その形式的完璧、その感情の節約は、私の考へる芸術の理想を完備してゐた。(26)

（傍点は引用者）

「形式的完璧」と「感情の節約」はそれぞれ芸術の形式と内容、及びその関係のことをもいっているのであり（なぜなら、内容は形式により具体的表現となり、形式は内容を得てはじめて芸術の場に登場を許されるのだから）、それらが、彼の芸術に、意識するとしないとに拘わらず、継承されていたことを語っている。

表現内容として感情が節約されるということは、素朴な実感や実情から遠ざかることであろうし、この傾向が極度におし進められると、当然実感実情は表現内容としては限りなく零に近づく。あらゆる感情が消滅し、あらゆる劇《ドラマ》が終わってしまったところから始まる表現は、能と三島の文学に共通している。能は零度の感情が一度感情の極点（生前の劇《ドラマ》）に戻ったあと再び零度の感情に回帰する、即ち両者は同一のものであるが、三島の文学は（『豊饒の海』の「転生」のように）極点の感情が零度の感情の場に転生する。零度の感情の場は転生せず、「永生」する。両者は別人なのだ。盧生の後身が次郎であるのは、この零度の感情の場（永生の場）が同一軸上にあるからだ。因みに『卒塔婆小町』の小町も次郎同様、というより二人は同一人物なのであり、『弱法師』の俊徳はこの「永生の場」を女性の一言で破壊された人であり、『豊饒の海』の本多は「永生の場」を夢みつづけた人であった。『金閣寺』の溝口はそれを観念的呪縛として自ら破壊しようとした。

『仮面の告白』は苛烈な自己分析によって零度の自己を白日のもとにさらし、「昭和二十年八月十五日」のつきぬけるような、空無そのもののような青空に自己を同化させようと企図し、『邯鄲』では、その空無そのものを表現内容として表現し、同時に空無そのものが「永生の場」となるような劇《ドラマ》を、戦後社会の風景の中に構築しようとしたのであった。

そういう意味で、菊の庭が比喩的象徴的に表現しているのは、日本の文学的伝統の中でも、能（中世文学）に始源する「永生の場」という時間軸であり、「空無」それ自体であるように思われる。

　能は、いつも劇の終つたところからはじまる、と私はかねて考へてゐた。この考へは今も変らない。「大原御幸」では、この世の最高の劇はすでに終り、もつともふさはしからぬその目撃者が残つてゐて、その口から過去の劇が語られるのである。[27]

『大原御幸』については対談の中でさらに詳しく次のようなことを語っている。

（建礼門院は）地獄を見たからこそ、この世における存在理由といふものが、他の人と違つちやつたんですね。芸術家ですね。その存在理由の違ひを書くことが芸術なのであつて、彼女は地獄を表現することはできない。（略）もし「私」といふものがあれば、地獄を見たものが「私」だと思うのですよ。地獄を見たからこそ、生きにくいのだといふのは、私ではないのです。（略）私を小説に書いてゐるのは、私にこだはるのはいかんじやないかといふ意味は、もう一つ深い意味で言へば、それは私はないのだといふことを言ふのです。いま私と考へられてゐるのは、地獄を見た人間がこの世でいかに生きにくいかといふことを、るると述べるのが私だといふのです。（略）おそろしいものを見た人は、ほんたうに地獄を見たかどうか、ほんたうに神を見たかどうか、といふことはだれにもわからない。そして、それはある認識の機能をもつてゐるのは芸術家しかないのだから、芸術家といふのは、さういふ認識者であるといふことが第一歩だから、さうすると、認識者のみが神及び地獄を見うるのだから、才能といふものは、認識者としての宿命と非常に関係があつて、そこから出発するのだと考へるほかないですね。見るといふことは。(28)（傍点は引用者）

三島文学の脳髄部を語る言葉で興味が尽きないが、ここでは「本当に地獄を見、神を見た（世界の究極の姿を見た）のは芸術家だけであり、彼だけが認識機能を持ち、ゆえに彼が表現すべきことは地獄や神を見た人間だということだけであり、彼には世に所謂私というものはない」ということを確認しておこう。

> しかしこんなに人工的に精密に模様化された風景は、実はわれわれの内部の心象風景と大してちがひのないものになる。新古今の叙景歌には、風景といふ「物」は何もない。確乎とした手にふれる対象は何もない。（略）それなら、心理や感情がよく描かれてゐるかといふと、そんなものを描くことは目的の外にあつたし、そんなものの科学的に正確な叙述などには詩の使命はなかつた。（略）それならさういふ異様に冷たい美的構図の本質は何だらうかと云へば、言葉でしかない。但し、抽象能力も捨て、肉感的な叫びも捨てたその言葉、これらの純粋言語の中には、人間の魂の一等明晰な形式があらはれていると、彼らは信じてゐたにちがいない。(29)　（傍点は引用者）

ここには三島自身の表現内容と表現形式（言葉）との関係の理想形が語られている。即ち「詩」とは物という対象を表現内容とするのではなく、また心理や感情を表現内容とする訳でもない。何も表現するものがないということ、表現するものが失われてしまったことを表現内容とし、それを表現しうるのは何ものをも表現対象としない純粋言語＝表現形式であると。そしてこのような「空無」＝表現内容と「空無」のためだけにある言葉＝表現形式の合致したものを彼は「美」と呼んだ。三島の文学が「空無」を表現内容としている以上、その思想的根拠が仏教哲学に求められるのは当然だろう。

美がはじめて生活の上位に立ったのは秩序崩壊期の新古今集時代である。宗教的末世思想と美の優位との並行関係。トオマス・マンの暗示が思ひ出されるやうに、そこには明らかに美と死との相関がある。この相関は謡曲において完全な一致に到達する。日本に於て美は、人間主義の復活を意味せず、「生の否定」という宗教性を帯びるにいたる。(30)

こう述べた後で、彼はまた日本においては美は「生の否定」を帯びながらも現世（生）に結びつく傾向のあることも推論している。

現世主義の宗教化といふ矛盾せる設定が美ではないのか？　これは又、仏教的無の強引な翻訳ではないのか？

勿論、美は感覚的真実によって成立するものだから、三島の能の受容及び継承もまた美的受容及び継承であり、その時の感性的真実による。美は決して不変ではなかった。『弱法師』ではこの「永生の場」は崩壊している。そもそも「永生の場」としての「空無」の運命を最もよく知っていたのは三島自身であったのである。夢を見る前の認識が夢の中でも揺るがなかったゆえに彼は自己を肯定することができ、認識そのものを語るために次郎は「生きたい」と叫んだのであり、「終末観」が生の哲学になりえたのである。何かの目的のためでなく、認識そのものが生きることであるような生においては、生そのものの意味が純化され、抽象化されざるを得ない。

三島は自分のことしか語らなかった、という言い方は、「私小説」の自分とは対極の意味だと規定した上でなら、許されるだろうか。彼は実体験や実感実情を語るのではなく、「何も語るべきものがない」自分のことを語ったのだ。世界を冷徹に正確無比に計量し、透視し、出来損ないの世界を組み立て直す精密無比な装置(31)そのものである「私」を語るために彼は「生きたい」と叫ぶ。作品末のさまざまな「人工の花」の再生は、そのような装置によって生み出される作品＝美の比喩とも考えられる。菊もまた夫との再会の希みを捨て切って次郎との共生を生きることによって、「ミューズ」の後裔として再生したと言える。

自分のことのみを語るというのは実は詩の領分であり、小林秀雄が『金閣寺』を「叙情詩」と評した[32]ばかりではなく、三島文学が詩的だということは多くの指摘するところである。

> 私は無益で精巧な一個の逆説だ。この小説はその生理学的証明である。私は詩人だと自分を考へるが、もしかすると私は詩そのものなのかもしれない[33]。

『仮面の告白』執筆時にこう記した三島はその後、「私の遍歴時代」で次のように述べて自己と詩について明確な把握をする。

> 「仮面の告白」のやうな、内心の怪物を何とか征服したやうな小説を書いたあとで、二十四歳の私の心には、二つの相反する志向がはつきりと生れた。一つは、何としてで

も、生きなければならぬ、という思ひであり、もう一つは、明確な、理智的な、明るい古典主義への傾斜であつた。

私はやつと詩の実体がわかつて来たやうな気がしてゐた。少年時代にあれほど私をうきうきさせ、そのあとではあれほど私を苦しめてきた詩は、実はニセモノの詩で、抒情の悪酔だつたこともわかつて来た。私はかくて、認識こそ詩の実体だと考へるにいたつた。（傍点は引用者）

このようにして、三島は「自己の認識」＝「詩」を語る人となったのであり、『大原御幸』の建礼門院のように、「神及び地獄」を見た「私」を語ることになった。「私」の語る世界がいつも隅々までただならぬ緊張感に充ち、つねに究極の姿をしているのはそのせいである。近代能『邯鄲』は三島がそのような「私」として「再生」する劇《ドラマ》だったのである。尚、三島にとっての劇と詩の関連については稿を改めて詳述したい。

〔注〕

（1）三島は「廃曲というか、自分で捨ててしまった」「題材として、それをアダプトすることが、まちがいだった」と語っている。三好行雄との対談「三島文学の背景」（「解釈と鑑賞」一九七〇年五月）

（2）「時間論的批評の方法」（「解釈と鑑賞」一九七六年一〇月）

（3）「卒塔婆小町覚書」（初出「毎日マンスリー」一九五二年一一月）

（4）『三島由紀夫作品集』あとがき（新潮社、一九五四年三月）

（5）「私の中の二十五年」（初出「サンケイ新聞」一九七〇年七月七日）

（6）前掲（注5）に同じ。

（7）佐成謙太郎『謡曲大観　第二巻』（明治書院、一九八二年五月）尚、漢字は引用に際して新字体に改めた。

（8）前掲（注7）に同じ。

（9）前掲（注7）に同じ。

（10）『劇人三島由紀夫』（劇書房、一九九四年四月）

（11）前掲（注10）に同じ。

（12）前掲（注10）に同じ。

（13）「三島由紀夫と中世能楽」（「現代のエスプリ」至文堂、一九七一年三月）

（14）「覚書（「綾の鼓」「邯鄲」）」（初出　作品座プログラム、一九五八年二月）

（15）『近代能楽集』あとがき（新潮社、一九五六年四月）
（16）「変質した優雅」（初出「風景」一九六三年七月）
（17）田中美代子は「陰画《ネガティヴ》としての三島由紀夫論」（『ロマン主義者は悪党か』新潮社、一九七一年四月）で『豊饒の海』の本多を「その自然と密通した精巧な人間の器械は、今後もこの巨大な宇宙の混沌を、カチカチと、つつましく繊細に切り刻むことをやめはしないだろう」と比喩しているが、次郎や小町という「認識」の人と本多は肯定的と否定的の違いはあれ、ともに等質で三島の分身と考えられる。
（18）前掲（注14）に同じ。
（19）前掲（注10）に同じ。
（20）前掲（注10）に同じ。
（21）このあたり、三島の戦争や戦後社会に対する感覚は、「私の遍歴時代」に詳しいので参照して頂きたい。特に引用の煩を避けた。
（22）小泉浩一郎「「仮面の告白」論」（「国文学」一九九三年五月）
（23）前掲（注22）に同じ。
（24）「「仮面の告白」ノート」（初出「書き下ろし長編小説月報5」一九五一年七月）
（25）「作者の言葉」（復刻版『仮面の告白』付録、河出書房新社、一九九六年六月）
（26）「日本の古典と私」（初出「秋田魁新報」一九六六年一月一日）
（27）前掲（注16）に同じ。

(28) 秋山駿との対談「私の文学を語る」(初出「三田文学」一九六八年四月)

(29) 「存在しないものの美学——「新古今集」珍解」(初出「解釈と鑑賞」一九六一年四月)

(30) 「美について」(初出「近代文学」一九四九年一〇月)

(31) 田中美代子は『午後の曳航』に関して「有毒な現実を、清潔な記号と図式に解体させる視線以外に、この世界には語るべきものなどありはしないのだ」と述べている(前掲(注17)の「陰画《ネガティヴ》としての三島由紀夫論」)。ここの意味もその見解に近い。

(32) 対談「美のかたち——「金閣寺」をめぐって」(初出「文芸」一九五七年一月)

(33) 前掲(注24)に同じ。

2 『綾の鼓』論
——輪廻転生する恋——

一

三島由紀夫の近代能『綾の鼓』は能（謡曲）の翻案化第二作で、昭和二十六年一月、「中央公論」に発表された。昭和二十七年二月、東京三越劇場で俳優座第三回勉強会として初演されたのを皮切りに、昭和三十年には武智鉄二の演出で、華子に観世静夫、岩吉に桜間道雄を配して上演されたり、海外での上演も多く、『近代能楽集』の中では人気曲の一つである。戯曲作品としての問題解明はまだ充分とは言えないが、『卒塔婆小町』『葵上』『班女』とともに完成度の高い、傑作の一つであると思われる。もっとも、『卒塔婆小町』と『綾の鼓』が「一番成功している」（新潮文庫解説）とドナルド・キーンの言うようにこの作品に高い評価を下す人が多いが、堂本正樹は『劇人三島由紀夫』（劇書房、平成六年四月）で舞台を見ないで書いたための幾つかの欠点を指摘している。

一見して明らかなように、変愛が主題ではあるけれども、この作品は三島文学の主要な問題、即ち美と醜、愛と憎悪、行為と認識、肉体と精神、生と死などの問題が、「観念劇と詩劇とのアマルガム」[1]という、きわめて尖鋭で三島的な方法意識の下にとり扱われている。そもそも「能のもつメランコリー、その絢爛、その形式的完璧、その感情の節約は、私の考へる芸術の理想を完備してゐた」[2]とか「（謡曲の）アラベスク的文体の不思議に酔はない人は、日本語の音楽的美感につんぼの人である」[3]などと言い、能（謡曲）の主題をそのまま生かして近代能に翻案しようと企てる現代作家は三島以外にはいないだろう。そこで例えば翻案という根幹の問題について、「三島氏の能は飜案というよりも、能のココロにインスパイアされた新作」[4]（ドナルド・キーン）に対して、「「能のココロ」ともあまり係りがな（く）、彼が常に求めるのは、現実を突き抜けての限りない跳躍」[5]（松本徹）というような、真向から対立するような意見が提示されることになる。

主題については、三島が再三記した「形而上学的主題」「哲学」に関する記述をここにまとめて挙げておく。

① しかし私の近代能楽集は（略）能の自由な空間と時間の処理や、露はな形而上学的主題などを、そのまま現代に生かすために、シテュエーションのはうを現代化したのである。そのためには、謡曲のうちから、「綾の鼓」「邯鄲」などの主題の明確なものが（略）選ばれねばならなかった。(6)

② 私を主として魅したのは、能楽のもつ、舞台の空間からの自由な飛躍と、簡素な様式と、その露はな形而上学的主題とであった。(7)

③ 能楽の形而上学的主題だけを抽き出して、これに現代の衣裳を着せ、幻想的なフン囲気や、自由な場面転換などの長所をいかして、(8)

④ 近代能楽集は単なる能楽の現代化ではない。現代における観念劇と詩劇とのアマルガムを試みるのに、たまたま能楽に典拠を借りたのである。台詞には、舞韻の詩が流れてゐてほしいし、舞台には詩的情緒の醸成のもうひとつ奥に、硬い単純な形而上学的主題が、夜霧を透かしてみえる公園の彫像のやうに、確乎として存在しなければな

らない。[9]

⑤（世阿弥の能は）ただ風情とか、一種気分劇といひますか、さういふものに近くなつてきて、舞台の情調……言葉と音楽と俳優とのあらはす情調の奥に哲学が光つてゐる。[10]

④の後半と⑤はほぼ同じことを言っている。これらから、少なくとも三島の「近代能」の意図は能の「形而上学的主題」「哲学」を「そのまま現代に生か」そうとしたこと、⑤は世阿弥のことを言っているのだが、「形而上学的主題」「哲学」は直接言語表現そのものの上に表現されるのではなく、表現の理念として作品を貫くようなもので表現のむこうに表象されるものと考えられる。これは世阿弥がその能楽論でくり返して論じた「心」に近い。世阿弥は「花は心、種《たね》は態《わざ》」[11]と言うのである。

もう一つの問題は、冒頭のト書に記された次のような作者の設定であろう。

下手は三階の法律事務所。古ぼけた部屋。善意の部屋。真実の部屋。桂の樹の植木鉢がある。

上手は三階の洋裁店。最新流行の部屋。悪意の部屋。虚偽の部屋。大きな姿見がある。

この「真実と虚偽」の対立関係を『綾の鼓』の主題ととらえて詳細な考察をしたのは小西甚一[12]であるが、これについて作者の次のような言葉があるので、それもここに記しておく。

> 上手《かみて》に現代の猥雑さが展開され、下手《しもて》に現代にめづらしい神話的な情熱がひろげられる。これが左右同じ力で拮抗してゐなければならない。ともすると現代の猥雑さのはうが、強い印象を与へがちであるが、さうして上手《かみて》が勝つか、あるひは逆に下手《しもて》の古典的情熱が勝つかしてしまへば、戯曲は崩壊してしまふのである。こんな対立は、西欧の芝居なら、登場人物の性格の対立として当然あらはれるが、能では、登場人物おのおのの住む、次元のことなる世界の対立としてあらはれる。あるひはこの対立はシテ一人の内面の対立としてもあらはれる。私はそこに興味をもつたのである。[13]
>
> （傍点は引用者）

この問題は、華子の最後の科白の解釈という問題と密接に関係しているが、この言説で三島が示唆しているのはおそらく次のようなことであろう。つまり、よく言われるように能は元々個性の対立で劇《ドラマ》が展開するのではなく、シテが語る生前の物語であり、その物語の聞き手はワキであるが、彼はシテの内面を映す、いわば鏡の役割を担う。対立があるとすれば、語るシテ（死者）と語られるシテ（生前のシテ）の対立以外ない。能がシテ一人主義と言われるのはこのためだ。三島はこの能の構造そのものを自己のものとして生かそうとしたのである。

二

まず原曲『綾鼓』の梗概を確認しておこう。筑前の国木の丸皇居（天智天皇の行在所）で、御庭掃の老人が女御の御姿を見参らせて恋心に乱れる。女御はこれをお聞きになり、恋に身分の上下はないものだからと可哀想に思い、池のほとりの桂の木に鼓を掛けて、それを打って音が皇居まで聞こえたならもう一度姿を見せようとおっしゃる。老人は鼓を打ち続け、音の出ないのを歎いて池に身を投げ死んでしまう。女御は正気もなくなるが、鼓を打てと言った時からもう正気を失っていたと悔いているところに、老人の怨霊が現れ、女御を恨んで責めさいなむ。能柄は四番目物（狂）、形式は複式劇能である。身分の賤しい老人が高貴の女性を恋するという話は、他に『恋重荷』があるが、世阿弥の『能作書』[14]に「「恋重荷」、昔の綾太鼓なり」とあるので、それを改作したものらしい。本説（典拠）は特にない。

近代能では皇居が街中の道路を挟んで向かいあったビルの二つの部屋に置き換えられている。それぞれ「古ぼけた部屋。善意の部屋。真実の部屋」と設定された法律事務所と、「最新流行の部屋。悪意の部屋。虚偽の部屋」と設定された洋裁店とである。法律事務所にいるのは「曲ったことがきらい」な弁護士と彼に「余生をささげるつもり」の老小使岩吉と素朴で気のいい事務員加代子。洋裁店に出入りするのはマダムの他に、踊りの師匠藤間春之輔、坊ちゃんと呼ばれる青年戸山、外務省官吏金子、そして彼らのとりまきの中心にいてさまざまな欲望、思惑、讃美の対象になっているらしい華子。

三ヶ月前、岩吉は華子を見初めてから、老いらくの「鮑の片思ひ」を始める。部屋に桂の樹を置き華子に見たててせっせと水をやり、華子に恋文を書いている。今日で丁度百通目である。このことを知った洋裁店のマダム、藤間、戸山、金子たちが提案して、岩吉に綾の鼓を与え、もし鳴ったら岩吉の願いをきき入れようというのである。華子は前半では一言も言葉を発しないが、このときもただ頷くだけで承知する。彼らにとって岩吉のごとき、自分の主観で恋愛の対象を理想像にまつり上げ、自分の真実な恋愛感情を絶対的に信じ込んでいる人間は軽蔑と憎悪の対象でしかない。

金子　このぢいさんは自分一人苦しんでゐると思つてる。その己惚れが憎たらしい。われわれだつて同様に苦しいんです。ただそれを口外するかしないかの違ひですよ。

戸山　僕だつてこれくらゐのことは知つてますよ。僕たちはみんな軽佻浮薄で、あのぢいさんだけが本当の恋を知つてゐると言ひたさうな口ぶりが癪にさはるよ。

金子　（演説口調になる）大体において、われわれはこのぢいさんみたいな存在を唾棄すべきものだと思ふんです。われわれはさういふ存在を許しておけないんです。本物の感情といふ奴を信じてゐる存在をね。

皮肉で意地悪い現代青年戸山、フランス語を繰って洒脱さを売り物にし、時に理屈っぽい金子、芸事の世界の因習にとらわれた藤間――彼らの世界はそのまま戦後社会の縮図と言えようが、彼らにとって恋愛は「遊戯」(15)であり、生活上の装飾であり、技術やかけひきのものであり、人間が精神と肉体の全き合一を求めて全存在を投入するようなものではない(16)。問題なのだ。

金子 すべて問題は相対的なんです。恋愛といふやつは本物を信じない感情の建築なんです。しかるに何ぞや、あのぢいさんは不純だよ、冒瀆だよ、われわれを馬鹿にしてゐる。いい気になつてます。つけ上つてますよ。

彼らの集まるのが洋裁店なのは偶然ではない。服飾(衣裳)とは表層であり、技術であり、真実の自分を被い隠し虚偽の自分を演出し、外なる流行に従って常に変化していく「相対的なもの」だ。しかし岩吉が華子を見初めたとき、彼は「金いろの毛皮の外套をお召しになつて、それをお脱ぎになると、黒一ト色の洋服だつた。帽子も黒かつた。お髪《ぐし》はもとより黒い」と華子の服飾にまず目を奪われている。華子のこのときの姿には月のイメージがあるが、岩吉も服飾の虚偽に心を奪われたのである。この恋の罪は華子にはない。「美女」[17]は岩吉のイメージが作り上げた幻想にすぎない。彼は終始この幻想に恋しているのだった。その意味では彼は自己愛者《ナルシスト》であり、金子の言う「己惚れ」は正しい指摘である。

洋裁店に集う人たちは、恋愛ばかりでなく、あらゆるものを対象化し、相対化する視線を持った人間たちであり、それによって常に自分を安全な場所に置き、危険から身を守る。彼らは恋で身を破滅させることはないのだ。しかしまた、彼らがかかる相対的な世界に身を置き、絶対的なものを一切認めない点で彼らにも弱味と限界がある。戸山の「僕たちはみんな軽佻浮薄で」という科白は自分たちのことをよく知っている言葉である。「あんた方は笑ひながら死ぬだらう。笑ひながら腐るだらう。儂はさうじやない。（略）笑はれた人間は死にはしない。……笑はれた人間は腐らない」――これはそのことを知っている岩吉の側からの彼らへの批判である。[18]

もう一つこの二つの部屋の対立については旧道徳と新道徳、または戦前の社会と戦後社会のそれという解釈もできる。当時は天皇制信仰をストレートに告白できなかったのではないかという古林尚の推論を三島は否定してはいない。[19]

三

「忘れようとするはうが、忘れられないでゐるよりよほど辛い」と原曲と同じ科白を用いるなど、ことに岩吉が身を投げるまでの劇の前半は原曲の筋と近くなっている。三島独自の趣向は後半において主として生かされる。岩吉の亡霊が打った鼓が鳴ったこと、前半とは別人のように雄弁になった華子、亡霊と華子との対話、最後の華子の科白などがそれだ。

後半、亡霊に招かれて華子が深夜洋裁店に現れる。亡霊は華子の不実と背徳をなじるが、華子は自分がほんのわずかうなずいて老人を一人殺しただけと返答する。このとき既に亡霊の〈美女〉の幻想はほとんど消えかかっている。対話の過程で、かつて華子が三日月という仇名のすりだったこと、腹に三日月の刺青のあること、やくざな男たちとの淫楽生活などが明かされるが、華子は真心のない男たちに毒されたのではなく、かえって鍛えられたと言う。

このように華子の言葉を詳細に検討していくと、華子は、戸山、金子、藤間たちと同じような意味の「虚偽の部屋」の住人ではないことがわかる。「あなたがからかはれたのは、ただ年をとつていらしたからですわ」「本当のあたくしをあなたは愛しておいでになりません」などという言葉は確かに相対的視線から出る言葉には違いないが、他の「虚偽の部屋」の人たちとは異なった次元のものだ。華子は男たちの玩弄物となり、淫楽生活を送るうちに、堕落していったのではなく、「鍛えられ」むしろ強くなり、何ものにも毒されない「何者か」になっていった。〈地獄〉を見ることによって、〈地獄〉を超えたのである。華子が「愛されて強くなつた」「早く鳴らして頂戴。あたくしの耳は待ちこがれてゐるんです」と言うのは、華子が何か至高のものを切望しているからだ。この何かについて三島はこう解説を加えている。


この芝居で一番重要なセリフは、幕切れの華子が言ふ、

「あたくしにもきこえたのに、あと一つ打ちさへすれば」

というセリフである。ここに美女の奢りと気位が結集してゐるので、このセリフを言

ふときの華子は、恋愛が約束する全世界以上のものを期待してゐる。恋が捧げうるすべてのものの、そのもう一つ先が、華子は欲しい。この奢りの前に、岩吉の亡霊も、万斛の怨みを抱いて敗れ去るほかはないのである。(19)

恋のために死ぬこと、亡霊になって尚鳴る筈のない鼓を鳴らすこと以上の何かを熱望するがゆえに華子は岩吉と会うためにやってきた。何か絶対的なものを希求する相対的視線――相対性を徹底し、〈地獄〉に深く測鉛を下ろすことによって何か至高至純の絶対的なものを希求することこそ相対的視線の行きつくところではないか。それはちょうど堕天使の逆の経路を辿るようなものである。

岩吉の幻視した〈美女〉のイメージは、服飾の外面的美女から、美そのものへと変貌をとげ、何ものにも侵犯しえぬ至高のものに、それ自体がなったのだ。岩吉の望んだ〈美女〉とはもともとそういうものであった。入手可能な〈美女〉は〈美女〉ではない。この判断は原曲でも同じである。岩吉はだから、外見では美に敗北したように見えるが、実はそうではない。自身の幻視した通りの「月の中の桂の君」を現出させたのであり、美は

「逆説」によってしか見出しえなかったのだ。服飾とそれが包み込んだ肉体――華子の美はじめそのような肉体性として岩吉の視線にとらえられたが、劇の進行とともに、華子の美はますます精神性を強め、侵し難いものになっていく。

一方で七十歳近い老醜の岩吉は、驚くべき一途さで鼓を鳴らし続けるが、そのことが逆説的に彼の肉体性、行為、青春性を浮かび上がらせる。三島のきわめて三島的な主題即ち美と醜、愛と憎悪、行為と認識、肉体と精神はこのように取り扱われているのである。

三島は三好行雄との対談[20]の中で戯曲は最後の一行が決まらなければ書き出さないと言っている。「あたくしにもきこえたのに、あと一つ打ちさへすれば」という科白は美の絶対性、美の不可侵性を意味しているのであり、鼓は百打とうが千打とうが数は問題ではない。「早く鳴らして」「諦めないで」と亡霊を励まして励まして、打ち終わったら必ず「あたくしにもきこえたのに、あと一つ打ちさへすれば」と言うことが華子の目的なのだ。美の役割はそういうものである。確かに、岩吉の亡霊は自ら百という回数を決め、自己限定をした。しかしそれは行為である以上、必ず限界性を帯びていて、永遠な行為などというものはナンセンスである。鳴らない筈の鼓が鳴ったことで奇跡は起きている。行為のなしうることは果たしたのであり、これ以上もし岩吉に出来ることがあるとすれば、生まれ変わって、同じことをする以外にはない。「七生報国」はこの理をよくわきまえた言葉ではなかろうか。この転生がもっと明確に問題化されるのは、『卒塔婆小町』に於てである。昭和三十年に書かれた『海と夕焼』は、奇蹟待望の物語で、これについて三島はこう述べている。

「海と夕焼」は、奇蹟の到来を信じながらそれが来なかつたといふ不思議、いや、奇蹟自体よりもさらにふしぎな不思議といふ主題を、凝縮して示さうと思つたものである。この主題はおそらく私の一生を貫く主題になるものだ。（略）「なぜあのとき海が二つに割れなかつたか」という奇蹟待望が自分にとつて不可避なことと、同時にそれが不可能なこととは、実は「詩を書く少年」の年齢のころから、明らかに自覚されてゐた筈なのだ。(21)

奇蹟を熱望しながら、亡霊にその不可能をつきつける華子と、奇蹟がおこらなかったことの不思議を思い続ける安里と――両者は矛盾ではなく、三島という作家の両面であり、元来は一体の者なのだ。この世界には語るべきものはなにもないという地獄の認識[22]と語るべき奇蹟を待望する心は矛盾するだろうか？　小町はこう言うのだ。

老婆　（笑う）奇蹟なんてこの世のなかにあるもんですか。奇蹟なんて、……第一、俗悪だわ。

三島は自作の『綾の鼓』について、「ぼくは必ずしも、自分のモダン・アダプテーションだと思わないのです。お能にはあれくらいのことは、ちゃんと書いてあると思う[23]」と語っている。原曲では〈美〉は女御という一つの文化的規範に守られ、はじめから劇の中に登場する。近代能は先述した逆説によって〈美〉を現出しようとする。「でも、最後の「あたくしにも聞えたのに、もう一つ打ちさえすれば」という白《せりふ》は、一種の裏返しです[24]」という言葉はそういう意味のように思われる。つまり、〈美〉を現出させたのは「あたくしにもきこえたのに、あと一つ打ちさへすれば」の科白だということであり、「近代能」

にも、劇《ドラマ》は起こっていない。そう言うよりむしろ、劇《ドラマ》（奇蹟）を殺戮することが〈美〉を生み出したと言うべきだろう。

四

ここでもう少し詳しく華子と岩吉の相互的な関連性について整理しておこう。前節にも述べたが、華子は単独では〈美〉にはなれない。加代子が「でも大した美人ぢやないわ」と評するように、見る人の主観や感覚によって、ほどほどの美人にもなれば大した美人にもなる。美女は相対的な価値基準での位置を与えられるだけだ。戸山、金子、藤間たちにとっては上物の欲望の対象にすぎない。絶対的な〈美〉、至高至純の天界の人となるには、岩吉のような、その全身全霊を傾注して愛し、恨み、責めさいなみ、死に、生まれ変わりゆく人が存在しなければならない。岩吉が「恋といふものは（略）おのれの醜さの鏡で相手を照らすもんだ」と言う通り、華子は岩吉の心の投影であり、ト書の「大きな姿見」はそれを暗示している。主観こそがよく不壊の〈美〉、永遠の〈美〉を生み出すことができる。それを失ったから岩吉は死んだのであり、彼の死は単なる恋愛上の敗北ではない。死後には恨みの対象としての華子を必要としている。生前も死後も岩吉には華子が必要だったのだ。

「あたくしにもきこえたのに、あと一つ打ちさへすれば」は「絶対きこえない」の反語であるが、〈美〉の死に絶えた世界（戦後社会）での〈美〉の存在の不可能を可能に変えたのは、岩吉の真心だけでなく、その真心を裏切る虚偽と悪意と背徳である。そして岩吉に対してこそそれは必要だった。一方華子に必要だったものは古ぼけた、真心という真実だった。両者にはお互い、相手のどちらかが欠けても、岩吉は年がいもない「エロ」老人、華子は汚辱にまみれた美人の女スリにすぎぬだろう。

岩吉は裏切られ、からかわれることによって死んだのだが、そのことは同時に行為と青春を得、円満な老成のかわりに自らの生に意味を与え、手ずから人生に幕を下ろすことだった。華子は虚偽と悪意と背徳によって〈天界の人〉となり不壊の〈美〉となったが、それは不死を得ることであった。華子が永遠でなければ岩吉は彼女を憎み続けられない。両者はこのように実は共犯関係の敵同士なのだ。もう一度二つの部屋についての作者の解説を想起しよう。このような岩吉と華子の相互関係そのものが三島の愛と憎悪、美と醜、相対と絶対、行為と認識、生と死のありようを表しており、『綾の鼓』は「近代能」でありながら、能そのものでもある。能がそうであるように、近代能『綾の鼓』も内面の劇《ドラマ》であり、そこには近代的な意味での劇《ドラマ》は起こっていない。

『綾の鼓』に劇《ドラマ》は起こっていない。愛は成就していないのだ。愛は成就していない、そのかわりに、愛と美と絶対と行為と、それらに彩られた意味ある生と死が得られた——この高次の認識こそ三島の言う「形而上学的主題」である。彼はそれを能に発見し、自身の内面の劇《ドラマ》に形を与えた。そしてこの「形而上学的主題」の奥に潜んでいるもの、即ち彼の「形而上学」そのものはこの世には語るべきものは何もないという「地獄の認識」であり、世阿弥の言う「花はこころ」のこころに相当するものだ。鼎談で三島はこう語っている。

> 能のシアトリカリティといふものは、世阿弥のつくつた独特のもので、ふつうの概念からいふといちばん劇的でないものですね。そして、すべて美は過去にしかない。恋愛も情熱も、人生のすべてのものは過去にしかなくて、生きてゐる人間はお経しか読んで

ないですね。さういふ、何か劇の根本理念があつて、それは、ぼくは「花」を知つた人だらうと思ふんですね、世阿弥は。「花」も知つてゐたし、もちろん仏教の影響もあつたでせう。さういふ人でないと、かういふ人生観は出てこないと思ふんですね。（略）私は、詩と演劇との接点がこれ以上のものはないやうな気がします。(25)（傍点は引用者）

この世界には語るべきものは何もないという「地獄の認識」にとって、語るべきものは彼の「認識」そのもの、「内面の劇」であり、三島はそれを「詩」と言ったのである。

〔注〕

（1）「卒塔婆小町演出覚え書」（初出『新選現代戯曲』河出書房、一九五三年一月）
（2）「日本の古典と私」（初出「秋田魁新報」一九六八年一月一日）
（3）「わが古典―古典を読む人々へ」（初出「群像」一九五六年三月）
（4）『新潮文庫　近代能楽集』解説（一九六八年三月）
（5）『三島由紀夫論』（朝日新聞社、一九七三年一一月）
（6）『近代能楽集』あとがき（新潮社、一九五六年四月）

(7)『三島由紀夫作品集6』あとがき(新潮社、一九五四年三月)

(8)「上演される私の作品―「葵上」と「只ほど高いものはない」」(初出「大阪毎日新聞」一九五五年六月五日)

(9)前掲(注1)に同じ。

(10)鼎談「世阿弥の築いた世界」(初出『日本の思想8』月報、筑摩書房、一九七〇年七月)

(11)『風姿華伝』第三問答条々(『日本思想大系　世阿弥・禅竹』岩波書店、一九七四年四月)

(12)「三島由紀夫と古典―真実と虚偽の彼岸―」(『三島由紀夫』有精堂、一九七一年一一月)

(13)「覚書(「綾の鼓」「邯鄲」)」(初出　作品座プログラム、一九五八年二月)

(14)『世阿弥集』(筑摩書房、一九七〇年七月)

(15)竹下香織の「「月の変容」―三島由紀夫『綾の鼓』論」(「山形女子短大紀要」第24集、一九九二年三月)は岩吉の幻想としての「月」の変化に焦点をあてた優れた分析論であるが、華子と彼女のとりまきたちとの関係を「美貌の女性とそれを巡る恋の争奪戦。それは「遊戯」に過ぎず駆け引きと虚勢と欲望が取り巻く幻惑の世界である。すべては虚偽なのだ。彼女の美もまた一種の陶酔上の幻影でしかない」と指摘している。

(16)山田登世子は『華やぐ男たちのために』(ポーラ文化研究所、一九九〇年二月)で、八十年代の性解放現象について「女は自分の性を売りものにすることなく、男なみに性を遊びはじめた。処女、貞節、等々、かつて《美女》の商品価値であったものは、すでに死語と化している。いまや麗しの《美女》の偶像は地に堕ちたのだ」と述べている。『綾の鼓』の時代背景とはズレがあるが、程度の差はあれ、本質的には戦後の現象として共通するものがあると思われる。
(17) 前掲（注16）に同じ。
(18) ベルクソンは『笑い』（岩波文庫）の中で、放心による失敗とドン・キホーテを比較して、ドン・キホーテが見詰めていたのは星であり、放心の失敗と同じように笑いの対象にはなるが、他のものよりも立ち優っていると言う。
(19) 「綾の鼓」について（初出　新派プログラム、一九六二年五月）
(20) 「三島文学の背景」（「解釈と鑑賞」一九七〇年五月）
(21) 『新潮文庫　花ざかりの森・憂国』解説、一九六八年九月
(22) 「変質した優雅」や秋山駿との対談「私の文学を語る」を参照されたい。因みに後者では、「地獄及び神」を見た者が認識者であり、芸術家はこの「私」を語ること以外にはないと言っている。
(23) 前掲（注10）に同じ。
(24) 前掲（注20）に同じ。
(25) 前掲（注10）に同じ。

3 『卒塔婆小町』論
——輪廻転生するロマンと仏法の永遠——

一

三島由紀夫の『卒塔婆小町』は、『近代能楽集』の第三作として、昭和二十七年に「群像」に発表された。新潮文庫解説の、ドナルド・キーンの評価をはじめとして、作品としての評価も高く(1)、国内外での上演回数(2)も、集中最も多いのではないかと思われる。昭和二十四年に『仮面の告白』を書いて、逆説的な「生の回復術(3)」を果たした三島は、この頃から、能に典拠を求めて、『近代能楽集』を書き継いでいる。『卒塔婆小町』の主題については、次のような明確な自解がある。

主題については、余計なことを云つて、観客を迷はせてはならないが、作者自身の芸術家としての決心の詩的表白である点で、〝邯鄲〟と同工異曲である。つまり作者は登場する詩人のやうな青春を自分の内にひとまづ殺すところから、九十九歳の小町のやうな不屈な永劫の青春を志すことが、芸術家たるの道だと愚考してゐるわけである。(4)

その意図は能の近代化にあったのではなく、三島自身の芸術と芸術家に関わる主題の展開にあったのであり、「詩人のやうな青春」と「小町のやうな不屈な永劫の青春」との相剋は作品では、老いと青春、認識と行動、醜と美、死と生、永遠性と一回性など、人の死と生に係わる、多岐に及ぶ原理的問題として、探究がなされている。

以下、これら三島の生そのものと芸術の問題について検討し、その内奥に触れたいと思う。

まず原曲『卒塔婆小町』の梗概をまとめておこう。

京都郊外の日暮れ方、高野山の僧（ワキ）が従者（ワキツレ）とともに道を急いでいると、乞食老女（シテ）が、容色の美しさを誇っていた昔を思えば、今の老いと落魄が恥ずかしいと身を託ちながら、卒都婆に腰掛けて休んでいた。僧はそれを見咎めて、卒都婆は仏体だから早く立退くように言うが、老女は仏典の奥義を極めており、却って僧に反問、論駁する。僧はその知識の深さに敬意を表して、老女に名を問う。老女は自分が小町であることを告げ、境涯を嘆いているうちに、狂乱の体になり、かつて小町に恋慕して百夜通いをして果てた深草少将の霊がのり移り、恋慕の苦しさを物語る。やがてわれにかえると、後世を願い、仏道に入る決意を語る。曲柄は『謡曲大観』（佐成謙太郎、明治書院、昭和六年一月）では三番目物（女）、「日本古典文学大系」（岩波書店）、「新潮日本古典集成」では四番目物（狂）になっている。素材・典拠は、小野小町が老後零落して漂泊した話、小野小町不死伝説、深草少将の百夜通いの話など。乞食の大悟が高僧に勝っていた話なども考えられる。

前半では、乞食姿の小町が卒都婆に腰掛けたことをきっかけに、高野山の僧と宗教問答を戦わせ、僧たちを驚かせることと、若かりし頃の華やかに彩られた生活を追憶しつつ、現在の零落した姿を嗟嘆すること、後半に於ては、小町への恋慕を抱いたまま果てた深草少将の霊に憑かれた小町の狂乱と、狂乱の後、小町が「これにつけても後の世を。願ふぞ真なりける。砂を塔と重ねて。黄金の膚こまやかに。花を仏に手向けつつ。悟りの道に入らうよ」と悟入の方向を明言していること等が、どれも決して軽くはない問題として、展開されている。

能としての「面白さ」は、勿論、少将の霊の憑依した小町の狂乱の場面であろうが、『謡曲大観』では、「キリの、狂乱より覚めて仏道に入ることも、謡曲作者常套の手法とはいひながら、本曲に於ては局面急転の妙味を持つてゐるのである」と述べて、「仏道に入る」ことの、この曲の特異な効果について触れている。

『近代能楽集』では、場所が京都郊外から東京の公園に移されている。深草少将の霊にとり憑かれた老婆の狂乱＝往時の再現の場面が鹿鳴館の舞踏会であるから、この公園は、日比谷公園を想定しているのであろう。現在の千代田区内幸町一丁目、日比谷公園の、日比谷通りを隔てた東に、「鹿鳴館跡」の碑がある。

ワキの高野山の僧と深草少将の二つの人格を兼ねたのが詩人であり、卒都婆が公園のベンチになり、乞食の老小町がモク拾いの九十九歳の老婆になり、当然ながら題材はことごとく現代風にアレンジされているが、主題についてはどうだろう。石沢秀二の「書斎訪問」[5]で「能にある仏教的な信仰心は、現代にもって来てどう処理するんですか」という問いに、三島はこう答えている。

僕はあの時代の仏教は、現在の実在哲学の流行と同じような、当時の流行の哲学だと思うんだ。（略）能に盛られた仏教哲学をいまのハヤリ言葉でいえば、形而上的な内容として、現在に持ってこられると思う。能には形而上的な美意識があるものね。

近代能『卒塔婆小町』の表現を支えている形而上学は、そのまま原曲から抽出した仏教哲学だと言っているようだが、このことは、アダプテーションの方法について語った次の言葉で一層明確になってくる。

しかし私の近代能楽集は、むしろその意図が逆であつて、能楽の自由な空間と時間の処理や、露はな形而上学的主題などを、そのまま現代に生かすために、シテュエーションのはうを現代化したのである。[6]

「卒塔婆小町演出覚え書」（昭和二十八年一月）にも、

近代能楽集は単なる能楽の現代化ではない。現代における観念劇と詩劇とのアマルガムを試みるのに、たまたま能楽に典拠を借りたのである。台詞には、無韻の詩が流れてゐてほしいし、舞台には詩的情緒の醸成のもうひとつ奥に、硬い単純な形而上学的主題が、夜霧を透かしてみえる公園の彫像のやうに、確乎として存在しなければならない。

このように語られた「仏教哲学」「形而上的な美意識」「形而上学的主題」がどのように作品に具体化されたのかということを軸としながら、近代能『卒塔婆小町』のアダプテーションの方法について、分析・解釈を試み、作品に内在する意図を解明してみるつもりである。

まず、この作品は老婆のモクを数える「ちゅうちゅうたこかいな」という、いわば独白で始まり、また作品が閉じられ、作品そのものが「円環的構造」をなしている[7]ことが明らかである。ものを数えるということの他、何ら具体的意味内容を含まない、極度に抽象的なこの言葉は、詩人との、ひとときの邂逅の時間以外、老婆が発し続けている言葉であるがゆえに、老婆の思想と肉体の核心を、あるいは彼女の生のありようについての秘密を語る言葉ではなかろうか。

終生、数を数え続ける存在のイメージは、次第にその数を数えることの意味だけが後に残り、他の肉体的条件、具体的諸条件は捨象されていき、肉体そのもののリアリティーは消失していくだろう。元来、老婆の有していた、老い、醜悪性、衰亡、あるいは女であるという事実や女という性も剥落して、数を数えるということの意味だけの、極度に抽象的、精神的な存在と化してゆくことだろう。はじめもなければ終わりもない、ただ数を数えるということの意味とその装置だけが残る。

「ちゆうちゆうたこかいな」を「チクタクチクタク」に置き換えてみれば、そのことは一層明らかになろう。いつからともしれず、いつまでという限界もなく、ただ「チクタク」と時を刻み続ける音こそ、仏教の世界観を最も的確に表現している音である。初めもなく、終わりもなく、狂いもなく、滞りもなく、ただ「チクタク」と……。

二

さて、原曲の小町は、京都郊外の夕暮れ時、若かりし頃の容色の美しさを思えば、今の老いと落魄が恥ずかしいと託ちながら登場し、決して「近代能」の老婆のように、仏法の体得者として表れるのではない。小町は、この後、深草少将の霊により狂乱し、恋慕の苦しさにさいなまれたあげく、後世を願い仏道に入ることを誓うのである。

「近代能」の老婆は、「ちゅうちゅうたこかいな」と、経文のような言葉をつぶやきながら登場する。老婆の悟達は、詩人との邂逅で、何がおこっても揺るがない。詩人の死後再び「ちゅうちゅうたこかいな」と、語り始めるだけである。

言うまでもないが、原曲のワキ僧に当たる詩人は、この老婆とは全く対蹠的な人物として登場する。冒頭の作者による指定に「酩酊の体にて」とあるのは、何も具体的な身体表現のみを指しているのではなく、老婆の「悟達」に相対する詩人の生のありようそのものを象徴していると思われる。詩人の生そのものが激しく「酩酊」を求めてやまない生なのだ。老婆と詩人の対話は、この相対立する生の様態の衝突と言いうる。対話の初めから、「詩人にはちがひない。しかし商売といふわけぢやあ」と遠慮がちな詩人に対して、老婆は「売れなけりやあ、商売ぢやないのかい」と、詩人の何たるかについて知り尽しているかのような口ぶりをしていて、公園やベンチ、恋人同志、街灯などは「俗悪な材料」だから詩のタネにはならぬと詩人が言えば、「今に俗悪でなくなるんだよ。むかし俗悪でなかつたものはない」と悟り切ったようなことを言う。詩人の何たるかについては後述することにして、「俗悪」に関しては、こう言いたいのだろう。即ち、「俗悪」とはその時々の「流行」であり、「流行」であるが故に感覚的洗練よりも数の論理や勢力の問題なのだ。同時代にそれに直接関われれば、人は時には利害得失による誤謬も犯す。諸々の個人的事情の方が優先して、感覚的評価・判断は狂うこともある。時間はそれら「流行」にまつわる不純物をふるい落とし、良質の鉱物だけに精錬してゆく、と。モノの本質と人の感性や感覚とが一致するという、時間的淘汰の結果、人とモノは「俗悪」から脱しうる。「流行」にまつわる時代的な、あるいは人間的な情熱や歓喜や思い込みなどという垢のようなものを洗い流し、モノの本質だけを輝かせるのは、時間という清流の作用なのではなかろうか。

このことをもっと具体的に、詩人と老婆との対話で語り合っているところがある。

詩人　（略）僕はこの通り三文詩人で、相手にしてくれる女の子もゐやしない。しかし僕は尊敬するんだ。愛し合つてゐる若い人たち、彼らの目に映つてゐるもの、彼らが見てゐる百倍も美しい世界、さふいふものを尊敬するんだ。ごらん、あの人たちは僕らのおしやべりに気がつきやしない。みんなお星様の高さまでのぼつてゐるんだ、お星様が目の下に、丁度この頬つぺたの横のあたりに見えてるんだ。……このベンチ、ね、このベンチはいはば、天まで登る梯子なんだ。世界一高い火の見櫓なんだ。展望台なんだ。恋人と二人でこれに腰かけると、地球の半分のあらゆる町の燈りが見えるんだ。

（略）

老婆　ばかばかしい。何だつて、そんなものを尊敬するのさ。だから、そんな根性だから、甘つたるい売れない歌しか書けないんだよ。

詩人　（略）お婆さんや僕がこいつを占領してゐるあひだ、このベンチはつまらない木の椅子さ。あの人たちが坐れば、このベンチは思ひ出にもなる、火花を散らして人が生きてゐる温かみで、ソファーよりもつと温かくなる。このベンチが生きてくるんだ。

（略）

老婆　ふん、あんたは若くて、能なしで、まだ物を見る目がないんだね。あいつらの、あの鼻垂れ小僧とおきやん共の坐つてゐるベンチが生きてゐる？　よしとくれ。あいつらこそお墓の上で乳繰り合つてゐやがるんだよ。ごらん、青葉のかげを透かす燈りで、あいつらの顔がまつ蒼にみえる。男も女も目をつぶつてゐる。そら、あいつらは死人に見えやしないかい。ああやつてるあひだ、あいつらは死んでるんだ。（略）生きてるのは、あんた、こちらさまだよ。

詩人が「尊敬」するのは恋人同志ではない。彼は「公園、ベンチ、恋人同志、街燈」などは、「俗悪な材料」と断定している。彼が尊敬するのは「彼らの目に映つてゐるもの、彼らが見てゐる百倍も美しい世界」、即ち、若い恋人同志の「陶酔」とその「陶酔」の最中に幻視する幻なのである。その幻が現実に比べて「百倍も美しく」「お星様の高さ」から見える光景だから尊敬すると言っているのだ。

『綾の鼓』の岩吉もまた華子の美しさに「陶酔」し、「お星様の高さ」（お月様の高さ）に登ってしまった、恋する人であることはこの詩人と同断である。人の目には「大した美人ぢやな」くとも「そのお顔の美しさと云つたら、お月さんのやう」に見えたのは華子の罪ではなく、岩吉自らの醜さの自覚ゆえの、やむにやまれぬ美の欲求、己れを投入する対象としての美を希求した結果なのだった。しかし岩吉のそのままの後身が詩人ではなかろう。詩人は「さういふものを尊敬するんだ」と、恋人たちと自分をはっきりと区別しているからである。

恋する人たちに対する態度に於て老婆は全く詩人と対蹠的である。「ああやつてるあひだ、あいつらは死んでるんだ」とにべもないし、詩人にも「そんな根性だから、甘つたるい売れない歌しか書けないんだ」と手厳しい。

同じように恋を主題にしていながら、『卒塔婆小町』には『綾の鼓』とはまた別の問題が展開されており、それは原曲には全くそれらしい役柄さえ与えられていなかった詩人の登場のゆえである。それについて、老婆と関連させながら、もう少し考察してみよう。

原曲では、小町が劇の終わりに、仏道に入ることを願い、その後、悟達に到ったことをうかがわせるが、「近代能」では、悟達に到った後の小町の後身として、老婆は登場してくる。悟達に到った小町の、悟達それ自体が、肉体的現実性を捨象して、ほぼ精神性のみの抽象的存在として形象されている。九十九歳の小町の老醜とは老齢の表現だけでなく、ある精神性の比喩的表現でもある。したがって、詩人に語る老婆の言葉は、いささか現代風で蓮っ葉だが、なまなかなことを語っているのではない。豊富な人生経験の末に身に備わった知識というのでもない。「美」と「俗悪」について、「恋人たちの陶酔」について、「詩」について、……どんな問題についても、明晰さを示し、人間あるいは人生についてさえ「かうして生きてゐるのが、生甲斐ぢやないか」と明言する。

こうして生きていることそのことが生きていることの目的であって、生きていることがすべてだと言い、またそのように生きている、とすれば、それはもう人の生の現実を超えており、何か抽象的な別の意味が老醜の小町の生にはこめられている。釈尊自身が語るように、生の現実に目覚めぬ前の彼は、いわば「日常性」の中に埋没していた[8]。われわれが生き甲斐と考えているものの、もろもろこそが「日常性」を形作る材料なのである。小町とは、だから九十九年の人生において、人生を意味あるものにする人間的な感情や思考を次々にふるい落とし、自身の精神と肉体から日常的現実を脱ぎ捨てながら、人生を生きることの意味そのものを生きる人になっていったと考えられる。おぞましい老醜はそういう日常的現実の意味のないことの逆説的表現である。

悟達の人小町に対して、詩人は原曲でのワキの高野僧と深草少将の霊とを兼ねているが、作品前半の二人の対話は、言うまでもなく、高野僧と小町の宗教問答に相当している。しかしいわゆる宗教問答に関する言葉は、ほぼ全てが老婆の発する言葉に限られており、詩人の言葉は先述したように、主に「陶酔」について語っている。勿論これは原曲には一切なかった。詩人こそ、三島がこの作品を書く上で、是非とも登場させねばならなかった人物であったろう。『詩を書く少年』をはじめ、三島は何度も自身が「ニセモノの詩人」(10)であったと語っているが、彼の文学に於て、詩および詩人の問題は本質的かつ不可避の問題であり、この問題の解決なくしては、小説家三島は誕生しなかったし、彼の人生もなかった、と思われる。

詩人は、恋人たちを「尊敬する」と言っているが、自ら恋する人となって「陶酔」するとは言っていない。彼は詩人なのだ。自ら「陶酔」していては詩は書けない。彼の仕事は

「表現」なのであり、彼の武器は言葉なのである。しかし彼の詩は売れないと言う。老婆は「(そんなものを尊敬するから)甘つたるい売れない歌しか書けないんだ」と批難するが、おそらくその通りなのだろう。詩人自ら恋に陶酔はしなくとも、また一方、恋人たちの陶酔が、人生に於ての、まれな幸福の高みに到達していようとも、彼はその陶酔そのものを表現する言葉・方法を手にしてはいないのであろう。だから、人々から詩と認められず売れないのだ。結局、詩人は己れの「詩」を対象化できず死ぬのだが、詩人としての役割も心得ていて、公園やベンチや恋人同志は俗悪で詩にならないと言いながら、この詩人は何故ここまで恋人同志の陶酔を尊敬して、最後にみずからも小町の美しさに陶酔して果てるのだろう。そのことを考えてみたい。

　そもそも恋人たちを陶酔させるものは一体何だろう。詩人が言う「彼らが見てゐる百倍も美しい世界」「お星様の高さまでのぼつてゐる」陶酔は、小町にも若い頃経験した覚えがあり、「この世の中が住みよくみえたり、小つぽけな薔薇の花が、円屋根ほどに大きくみえたり(略)死んだ薔薇の樹から薔薇が咲くやうな気のするとき」がそうだと言うが、しかし小町には、そういう時「私は死んでゐたんだ」という苦い認識が後に生まれて、それ以来酔わないことにした、それが長寿の秘訣だと言う。

舞台会の場面で、詩人はもう一度、今度は実際に彼自身が恋に陶酔して「大きな帆船が庭の中へ入つて来る。庭樹が海のやうにざわめき出す。帆桁には小鳥たちがいっぱいとまる。……僕は夢の中でかう思つた、うれしくて、心臓が今とまりさうだ」と小町に語り、すぐ後でも小町を「世界中でいちばん美しい」と宣言する。ここまで来ると詩人の言う陶酔がどういうものか分かる。それは「世界中でいちばん美しい」という言葉にこめられた、小町を至高のものとしてそれに陶酔するという真情、この瞬間こそが青春を凝縮した一瞬で、それに命を捧げるという覚悟、すなわち、そういう陶酔の対象が無上のものとしてあるということ。

小町がそのたびに「俗悪だわ」と軽蔑していた、詩人の言う「奇蹟」や「生きるために死ぬ」という言葉の底にあったのはそういう無上の陶酔の対象、彼にとっての「神」を待望する情熱だったように思われる。そして彼の詩人としての役割りとは、紙の上に詩を書くのではなく、そのために死ぬ「神」をたたえて、一度きりの「詩」を謳い、そして行動することなのだ。

三

老婆と詩人の対話が次第に熱を帯びて、老婆がその正体を明かしたところから、美の話題が持ち出され、作品は美を核心にした死と生の問題へと展開してゆく。

老婆　私を美しいと云つた男はみんな死んぢまつた。だから、今ぢや私はかう考へる、私を美しいと云ふ男は、みんなきつと死ぬんだと。

詩人　（笑ふ）それぢやあ僕は安心だ。九十九歳の君に会つたんだからな。

老婆　さうだよ、あんたは仕合せ者だ。……しかしあんたみたいなとんちきは、どんな美人も年をとると醜女《しこめ》になるとお思ひだらう。ふふ、大まちがひだ。美人はいつまでも美人だよ。今の私が醜くみえたら、そりやあ醜い美人といふだけだ。（略）

このあと、詩人に深草少将が憑依して、鹿鳴館の夢幻の場に移行してゆくが、夢幻を呼び寄せたものとは、一体何だったのか。詩人が死を覚悟してまで小町を美しいと称えねばならなかった美とは如何なるものだったのか。

ワルツの曲が音高くなり、詩人は、小町が「当時飛切の俗悪な連中」と皮肉る客達を「あれが俗悪? あんなすばらしい連中が」と称えている。ほんの少し前、「公園、ベンチ、恋人同志、街燈」を「こんな俗悪な材料」と、一顧も与えなかった詩人とは思えない。鹿鳴館の連中と公園の恋人同志にそれ程違いがある訳でもないのだが、しかし、もうこの時には詩人に深草の少将の魂がのり移りはじめている。

小町の美しさに陶酔して九十九夜小町のもとに通った少将がこの詩人に憑依したのは、彼が陶酔を最も貴い瞬間として心底に保っていたからであるが、この憑依により陶酔が具体化して、詩人にとっては九十九歳の老婆が世界中で最も美しい美女、彼にとっての「神」として現前し、ついに彼の詩を謳うことになる。

一方、老婆は、先にも述べたように、劇に登場する時から悟達者として登場してきたが、彼女には悟達の転機があった。

老婆　（略）昔、私の若かつた時分、何かぽうーつとすることがなければ、自分が生きてると感じなかつたもんだ。われを忘れてゐるときだけ、生きてるやうな気がしたんだ。そのうち、そのまちがひに気がついた。この世の中が住みよくみえたり、小つぽけな薔薇の花が、円屋根ほどに大きくみえたり、（略）そんな莫迦げたことも若いころには十日にいつぺんはあつたもんだが、今から考へりやあ、私は死んでゐたんだ、さういふとき。（略）それ以来、私は酔はないことにした。これが私の長寿の秘訣さ。

小町の長寿は詩人とは丁度反対に、陶酔しないことによって果たされている。小町によれば、酔うということは「われを忘れる」ことであり、そういう状態は「死んでゐ」ることになる。陶酔は詩人の「神」待望とそのために死ぬことを求めて要請されていたが、両者の陶酔の意味は全く同じもので、しかし、それをどう評価するかという点で両者は対極にあり、そのため両者の生と死の意味も丁度逆になっている。

詩人　実にふしぎだ。奇蹟つてこのことかしら。

老婆　（笑ふ）奇蹟なんてこの世のなかにあるもんですか。奇蹟なんて、……第一、俗悪だわ。

この頃には老婆の皺さえ見えなくなり、詩人はこうも言う。

詩人　きいて下さい、何時間かのちに、いや、何分かのちに、この世にありえないやうな一瞬間が来る。そのとき、真夜中にお天道さまがかがやきだす。大きな船が帆にいつぱい風をはらんで、街のまん中へ上つて来る。僕は子供のころ、どういふものか、よくそんな夢を見たことがあるんです。大きな帆船が庭の中へ入つて来る。庭樹が海のやうにざわめき出す。帆桁には小鳥たちがいつぱいとまる。……僕は夢の中でかう思つた、うれしくて、心臓が今とまりさうだ……

この陶酔の至福は、三島が後年「ニセモノの詩人」と称して、それと訣別した『詩を書く少年』の主人公の至福と同じであり、「詩そのもの」の状態と言ってよい。「奇蹟」は『海と夕焼』の少年安里のそれと同じものである。しかし、少年時に見神体験の奇蹟を得た安里の不思議は、神の国の出現ではなく、この世界に奇蹟の起こらなかったことなのだった。老いた安里は、奇蹟を願うこともなくなり、寺男として静かに生活しているが、不思議を忘れることはない。三島は自分を「ニセモノの詩人」と断定したが、「詩」あるいは「奇蹟」を捨てた訳ではない。「ニセモノの詩人」から本物の詩人へと再生し、彼の「詩」を対象化し、それが済めば、自身の肉体と行動を挙げて、自らを「詩」化するという願いを果たすためには、まず「ニセモノの詩人」を殺さねばならなかった。『卒塔婆小町』に作者がまず意図したことはそのことであったと思われる。とすれば、この作品は、三島の内なるドラマの表現なのであり、老婆と詩人は、二人とも三島の分身なのだ。しかし、この作品での意図は詩人を殺すことだけではない。原曲の深草少将の亡霊の登場は、彼の妄執の凄まじさを表しているが、「近代能」の詩人の登場とその死は、小町への妄執だけを表している訳ではない。

小町が現象として、若く美しく変身したから、「君は美しい。世界中でいちばん美しい。一万年たつたつて、君の美しさは衰へやしない」と称讃したのではなく、小町が見るもいまわしい老醜を晒しているからこそ美しいと言ったのだ。

美とは現象と人の感性の一致であり、客観的現象としてだけ、あるいは人の感性・感覚としてだけ存在するのではない。現象（モノ）の本質（真実）を人の感性が自己の真実として捉えたときの状態を美というのであり、美的対象（現象）と享受者は美的真実に於て全く一つのものである。老婆はこう言っていた。

老婆　（略）美人はいつまでも美人だよ。今の私が醜くみえたら、そりゃあ醜い美人といふだけだ。あんまりみんなから別嬪だと言はれつけて、もう七八十年この方、私は自分が美しくない、いや自分が美人のほかのものだと思ひ直すのが、事面倒になつてゐるのさ。

老婆は人から美人と言われ過ぎたから、自分のことを人の言う通り、美人ということにしているだけで、老醜の現象を美人の理由にしているのではない。「醜い美人」と言っているように、その現象は正しく捉えている。とすれば、詩人は老婆の主張する通り、老婆の現象が醜いからこそ美しいと言ってしまったのだ。美とは内面的真実であると同時に外形的事実でもある。しかし詩人は小町を「醜い美人」とは言っていない。彼は小町の外面を忘れている、と言うより、小町を美しいと言った瞬間、外面も美しく見えてしまった。外面と内面とを別のものではなく、全く一つのものとして見なければならないのに、詩人は、小町の言葉の本当の意味を理解せず、まず小町の内面を幻視してしまった。その瞬間、外面も美しく見えてしまったのだ。詩人はどこまでも外形に内面を見なければならないのに、はじめに内面を幻視してしまった。詩人の死の理由は、この、詩人の役割を超えた、幻視という越権行為によるものなのではなかろうか。詩人（芸術家）は、外面的な事実に内面的真実を見なければならない。

詩人　それが、……ふしぎだ、二十《はたち》あまりの、すずしい目をした、いい匂ひのするすてきな着物を着た、……君は、ふしぎだ！　若返つたんだね。何て君は……

老婆が妙齢の小町に若返つたように見えたとしたら、それは詩人が自分の内なる世界にかかえてきた美の記憶を語ったのであるから、つまり、自己の内なる真実を老婆に投影して「美しい」と称えたのであるがゆえ、美の対象の真実を捉えたものではなく、やはり内なる「神」を語ることになる。

しかし「生きるために死ぬ」という言葉をもう一度思い返すなら、詩人の陶酔とその果ての死は、彼にとっては実は生きることの意味を包んでいるのであり、そういう一回性の生は、実は彼の甦り、すなわち「転生」へと接続していて、ここで言う「生きる」ということは、そのことを意味しているのではなかろうか。

堂本正樹は詩人を過去の美に憧れる人物像として捉えているが(11)、その意味では近代国家への齷齪した脱皮を図りながら次第にみじめな姿を晒しつつあった日本は後年の三島には陸離たる「詩的王国」に見えていたのかもしれない。

詩人がいく度も甦り、死ぬためには小町の至高の美が求められ、小町の老醜が老いてますます肉体的現象とは裏はらに、生きる意味の精神性を強めていくのなら、その現象を「世界中でいちばん美しい」とたたえてくれる詩人が必要になる。詩人とはこういう理由によって、小町に呼びよせられた人なのであり、二人は偶然に出会ったのではなかった。

「そんな一瞬間が一体何です」と、小町は詩人を止めようとしているが、小町はいくら止めても無駄なことを知っているし、どうあっても詩人に「美しい」と賞賛してもらわなくてはならない。こういう小町自身の内奥の要求によって現れたのが詩人であって、この意味で、詩人と小町は、実は陶酔という同じ根から生じた者同士である。

詩人の側から言えば、小町は彼を表現者、即ちホンモノの詩人へと、輝かしい転身を可能にする唯一の「神」なのである。詩人が老婆を「美しい」と宣言するとき、彼は人間である限り、本当は見てはならないものを見てしまったのであるから、宣言行為は直ちに死を意味する。「世界中でいちばん美しい」とか「一万年たつたつて、君の美しさは衰へやしない」などという美人はこの世にはいない。詩人の陶酔とは、このような一種見神体験の陶酔であり、若い恋人たちの陶酔とははるかな隔たりがあり、それゆえ、このとき、詩人自らが「お星様の高さまで」ジャンプしてしまう。自らの死とひきかえに、自らが「神」と等しい「天まで」ジャンプしてしまうような、表現＝行為こそが、詩人の欲してやまない詩の表現なのだった。「たすけて下さい。どうすればいいのか」「僕だつて、死にたくない」――詩人は美に陶酔すること以外は正気である。アベックのようにただ我を忘れている訳ではない。しかし彼の表現方法とは、言葉であって同時に行為でもあるのだ。「君は美しい」という言葉は「君は神だ」という言葉と同じであり、それはもう人間たる詩人の言葉ではない。だから彼は死なねばならなかった。もう一つの彼の死の理由は、「もしかしたらあなたにも飽きる」と言っているように、「神」の死によって、彼の生の内実が凋落することを回避するためである。ここで言う「神」を、過去あるいは伝統と解釈することもできるだろう。小町の内面と外貌はその比喩的な表現である。

三島は「老年は永遠に醜く、青春は永遠に美しい」ゆえ、人生とは「真逆様の頽落」だと言っていた。(12)『詩を書く少年』の「おくがき」に、言葉との出会いによって、外界を易々と変貌させた少年を、「私程幸福だつた少年はあるまい」とも言っている。勿論、それを「ニセモノの詩人」と言ったのだが、『卒塔婆小町』では「詩人のやうな青春を自分のうちにひとまづ殺す」ために召喚された。

しかし三島の内なる詩人を、「ひとまず殺す」のであって、抹殺するのではない。いやむしろ彼にとっては、この「ニセモノの詩人」こそ、彼にとっての至高の美女であり、彼の死と生を支配する唯一の「神」であり、彼の軽蔑と愛惜を一身に兼ねていた。

一方、自分を「醜い美人」と言ってのける小町は、陶酔を排除した後に残った認識だけが、存在の全機構と化し、それゆえ永世を獲得した。「あたくしは年をとりますまい」というのはそういう意味だ。人生に於て、一切酔わないということは、肉体と行動と青春を失うことであり、しかしそれとひきかえに認識をえた、というより認識そのものの装置と化したのだった。これが「認識こそ詩の実体[13]」と言うに至った、「芸術家たるの道」の実態であり、それは九十九歳の老醜という「青春」の殺戮と生きることの意味だけを問い続けてその精神性をますます研ぎ澄ませることが、やがて肉体的な美にとってかわって価値を持つことになるということで果たされたのである。

こう考えてくれば、小町の側にも、是非とも詩人と再会する理由があった。小町は人間的な存在の現実を超えた存在であって、肉体性を持たぬがゆえに、詩人の賞讃によって具体的存在となる必要があったからだ。このような存在こそ、三島が芸術家であるために「仮構」した存在のありよう、生の方法だったのであり、芸術が認識の営みであるなら、こういう「詩」と「詩人」の分離と結合を抱えた構造化は、どうしても実現されねばならない、彼の人生と芸術の緊張関係を支えるものであったのではなかろうか。芸術は決して人生の従属物ではない。己れの現実に覚醒することによってしか人が人として「再生」[14]できないのなら、三島の芸術は彼の人生そのものだったのであり、彼が言葉と認識と真実に対して途方もなく誠実だったとしか言う他はない。

小町像にこめられた、三島の意図とは、このような、芸術家のありようという近代的テーマに於て、能と「仏法的悟達」を再生させることであった[15]。しかし、一方、詩人において物語られたテーマも、小町と同等の力でもって相拮抗していて、決しておろそかに扱われているのではない。詩人が己れの再生を予見している通り、彼は何度も蘇生する運命なのであり、また人が人としていかにあるべきかという生のありよう、あるいはその際の言葉と行動の一致という、もう一つの現代的テーマは、しかし、言葉の介在を許さぬものであったがゆえに、彼には人生の最終頁の次頁の空白に、現実の死しか用意されていなかったのである。

〔注〕

（1） 吉田精一は「三島由紀夫と中世能楽」（「解釈と鑑賞」一九五九年三月）で、「よくまとまっていて、佳作の一であろう」と言っており、田中美代子は「「卒塔婆小町」の主題は、「近代能楽集」の中でも、他の作品より鮮明で、構成も変化に富んで、ドラマティックである」（『鑑賞日本現代文学23　三島由紀夫』角川書店、一九八〇年一一月）と評価している。他にも、岡本靖正「『集』中の傑作」（「解釈と鑑賞」一九七六年一〇月）、堂本正樹「現代劇としても珠ならざるはない名作」（『劇人三島由紀夫』劇書房、一九九四年四月）などの評価も高い。

（2）『三島由紀夫事典』（勉誠社、二〇〇〇年一一月）には主な公演が挙げられている。

（3）「「仮面の告白」ノート」一九四九年七月

（4）「卒塔婆小町覚書」一九五二年一一月

（5）「新劇」一九五七年二月

（6）『近代能楽集』あとがき（新潮社、一九五八年四月）

（7）岡本靖正「時間論的批評の方法」（「解釈と鑑賞」一九七六年一〇月）

（8）増谷文雄『仏教とキリスト教の比較研究』（筑摩書房、一九六八年七月）では、日常性に埋没した人間のあり方を、釈尊は愚かなる「異生」（旧訳では「凡夫」）と呼んだことを述べ、それは、ハイデッガーの「平均人」の概念に近いとしている。またこの日常性からの脱却には自己省察が先行すると説いている。

（9）「詩を書く少年」からホンモノの芸術家への再生については、Ⅰ「三島由紀夫の詩」を参照されたし。

（10）『詩を書く少年』（一九五八年六月）、「私の遍歴時代」（一九六四年四月）などに多出。

（11）堂本正樹『劇人三島由紀夫』（劇書房、一九九四年四月）では本作品を、不変な過去の美に憧れる詩人を、三島の戦後からの過去肯定という観点より捉えている。

（12）「二・二六事件と私」一九六六年六月

（13）「私の遍歴時代」一九六四年四月

（14）前掲（注8）に同じ。

（15）田中美代子は『鑑賞日本現代文学23　三島由紀夫』（角川書店、一九八〇年一一月）で、解釈が顛倒してみえるとすれば、現代と中世の生活感情が顛倒しているせいであり、謡曲の作者も現代に生まれていれば、こういう主題の展開法をとっただろうという三島の言葉を引用して、謡曲や仏教哲学の現代的再生を意図した、という読み方を提示している。

4 『葵上』論
——あらかじめ失われた恋——

一

　『葵上』は『邯鄲』(昭和二十五年)、『綾の鼓』(昭和二十六年)、『卒塔婆小町』(昭和二十七年)、に次ぐ『近代能楽集』第四作で、雑誌「新潮」昭和二十九年一月号に発表された。初演は昭和三十年六月十八日から二十三日まで、文学座によって、『只ほど高いものはない』と併演で、大阪毎日会館で上演された。この際の演出は長岡輝子。宮口精二、荒木道子らの出演だった。東京公演は七月十一日からで、戌井市郎の演出、出演は北城真記子、神山繁、岸田今日子等だが、その後の公演回数も、『卒塔婆小町』『綾の鼓』とともに、集中最も多い作品の一つである。

作者は「どちらの作品も作者としては、いささか自信がある(1)」「私の「近代能楽集」は、「邯鄲」「卒塔婆小町」「綾の鼓」「班女」とこれで、五篇になるが、私としては、「葵の上」が一番気に入つてゐる(2)」と作品への自負と愛着を語っている。

堂本正樹の「これは項《うなじ》の真真《ママ》ぐな、姿勢の正しい詩劇である。主題は分明であり、構成も単純で、表現に余分なものがない。贅肉のない細身の文体は、文字通り流れる如くに書き透っている(3)」というような高い評価がある一方で、公演直後の評価には次のようなものもあった。

ぼくは「只ほど高いものはない」の方を買いますね。能狂言のなかで、こんどの「葵上」はあんまり高く買えないです。(略)「(ある批評家が―引用者)われわれが考えてるような庶民の生活に通じるものは何もない」といっていましたがね(4)

とりわけ、この評中の「ある批評家」の感想、近代の市民生活感情を基準にした『葵上』あるいは『近代能楽集』に対する評価や理解は、今でも多くの日本人のそれを代弁しているものと言ってもいいのではなかろうか。しかし、三島にとっての演劇（戯曲）とは、そもそも新劇の伝統とは全く異なる意図と方法によるもので、『近代能楽集』は決して能のパロディでもなければ、能の強引な現代への移植でもない。

私は日本の近代文学史の喫緊事が、明治維新による断絶をいかに回復して、それ以前の古典文学史へ正当につなげるかといふ点にあるのと同様、新劇を、明治以前の「芸能」の精神へいかにつなげるかといふ問題が、これからますます重要になるだらうと信ずる。これは伝統からの単なる技術的摂取の問題ではない。われわれの中にひそむ、真の「演劇のよろこび」の復活なのである。(5)

ここには幼い頃から能・文楽・歌舞伎等の古典演劇に親しみ、それらに対する深い理解力と造詣を示していた三島の、新劇へのあきらめの念と、明確な近代演劇（戯曲）のビジョンが描かれていたことが明らかに看取できる。彼にとっては、演劇（戯曲）とは次のようなものだった。

劇場といふものは、ビリビリと神経質に慄へ、深い吐息をし、昂奮のために地震のやうに揺れ、稲妻によつて青々と照らし出され、落雷によつて燃え上がる、さういふ巨大な、良導体で鎧はれた動物のやうなものであるべきだ(6)。

あるいはロマンチック演劇の、

死も怖れぬ情熱。身を灼くやうな恋。単純の美徳。ほんもののスリル。夢想の陶酔。わくわくするクライマックス。心もとろけるやうな美辞麗句。……(7)

これらの美点もまた、彼を魅了した演劇の特長の一つだった。それに対して、日本の現代の演劇、ことに新劇への嫌悪は次のように身も蓋もなく、激しかった。

さて現代は、少くとも日本では、(たとへばドイツにはまだ、劇場の熱狂の伝統が残つてゐる）、劇場へ行くと、お通夜のやうな気分になつてしまふ。私には特に、新劇の公演の、あの死灰のやうな気分が堪へられない。いたづらに誠実さうな顔つきをした、「まじめな」観客といふものが堪へられない。(8)

演劇（戯曲）の方法も新劇的リアリズムの全く逆を行こうとして、こう言う。

戯曲における些末主義も、小説における些末主義も私のとらぬところである。井戸端会議的なもの、となりのをばさんのうはさ話的なものが、小説や芝居と、観客や読者とをつなぐ唯一の紐帯であつて、それがリアリズムと呼ばれてゐるのは困つたことだが、芝居の面白さは、あらゆる些末主義らしきものに身を装つた些末主義の超克にあるのだ。(9)

このような意図と方法意識に従って創作されたのが『近代能楽集』であり、そこに展開される劇とは、つねに死と隣あわせの情熱であり、輪廻転生する青春であり、はたまた恋のライバルを嫉妬の情念でとり殺す鬼女の劇であったりする、非日常的世界のそれに他ならない。近代能『葵上』もまた例外ではない。よってここでは、三島独自の演劇精神を根柢に意識しつつ、『葵上』の翻案の具体的方法を中心に分析、解釈を試み、「近代能」の何たるかを探ってみよう。

*

さて『葵上』原曲は、『源氏物語』、中でも「葵の巻」を典拠にしたもので、六条御息所は十六歳で前の東宮の妃になられたが、二十歳の年に東宮が薨去され、三十歳で光源氏と契りを結ばれたものの、やがて源氏の愛が衰えたため、御息所は嫉妬の余り生霊となって、人々を悩ませた。就中、源氏の北の方葵上に対しては、賀茂斎院の御禊の日、車の置き場所をめぐって葵上方の下人から手ひどい侮辱をうけ、それがために御息所の怨みと嫉妬は葵上にことさら烈しく向けられた。本原曲は、とくにこの御息所の葵上への怨恨と嫉妬の複雑で激しい感情を主題に据えているのである。

まず『源氏物語』の中から、光源氏と六条御息所の係わりについての表現の主なものを挙げて、二人の関係を確認しておこう。既に「夕顔の巻」に「六条わたりの御忍びありきのころ」[10]と夕顔に出会ったのが六条御息所のもとに通っていた頃だということが記されている。源氏十七歳、御息所は二十四歳の頃である。しかしこの頃の二人の関係は、源氏と他の女性達との関係に比べて、詳細な記述は見られず、それらの後景として描かれているにすぎない。源氏が思い設けずして出会った夕顔に激しく心惹かれ執心するや夕顔は物の怪に襲われ急死する。「とけがたかりし御けしきをおもむけきこえたまひてのち（御息所がなかなかご承知なさらぬご様子だったのを、思いどおりになさったのち）」[11]（「夕顔」）と記されているように、御息所は高貴な女性として、容易に源氏を受け入れなかったし、「いとものをあまりなるまでおぼししめたる御心ざまにて、齢のほども似げなく（何ごとも度を越すほど深く思いつめなさるご性分で源氏とは年齢も釣り合わず）」[12]（「夕顔」）「いとどかくつらき御夜がれの寝ざめ寝ざめ、おぼししをるること、いとさまざまなり（こうした源氏の君の訪れのないさびしい夜々、ふと目を覚まされては、一層思い悩み悲しまれることがあれこれと多い）」[13]。（「夕顔」）年齢や世間体の障りだけでなく、思慮深く思いつめる御息所が源氏を受け入れるには、余程の懊悩を経た上での決断があったことはまちがいない。だからこそ源氏の訪問が途絶えがちになった爾後には、その苦悩は幾層倍にもなったものと思われる。ふくれあがった苦悩が怨みになり激しい嫉妬に転ずるのも当然だった。思慮に分別を重ねてようやく受け入れた源氏の愛が他の女性に向かうのを知った上は、愛の鋒先の納めようがない。御息所の源氏への愛は、満たされる望みもないまま空洞で宙に浮いたままの巨大な器だったのである。

夕顔が物の怪に祟られ急死する際、「いとをかしげなる（美しい）女ゐて」（「夕顔」）、「己《おの》がいとめでたしと見たてまつるをば、尋ね思ほさで、かくことなることなき人を率《ゐ》ておはして時めかしたまふこそ、いとめざましくつらけれ（私が大層ご立派なお方とお慕い申していますのに、お通いにもならず、こんな取柄のない女を伴ってご寵愛なさるのが心外で恨めしゅうございます）」（「夕顔」）と物の怪の姿を借りて、御息所は抑えに抑えていた心情を吐露する。源氏への愛は、それが熟慮の末の決断だったとすれば、御息所にとっては、今まさに始まるべき愛であり、恥や世間体も犠牲にしただけに、愛が自我を呑み込み吸収してしまうような、あらかじめ失われた愛なのではなかったか。愛の回収が不可能なら、自我のためには何をなしうるか。源氏と御息所の愛には、このような人間主体の問題があった。もう一つ、「六条わたりにも、いかに思ひ乱れたまふらむ、うらみられむに、苦しうことわりなりと、いとほしき筋は、まず思ひきこえたまふ（六条の女君もどんなにか思い悩んでおいでだろう。お恨みになるのは私にとっては辛いことだが、無理もないすまないとお思いになるにつけても、まっ先にこの女君のことを念頭にお浮かべになる)」(16)(「夕顔」)と源氏の御息所への罪の意識がつねにわだかまって、物の怪が源氏の意識から生じたのだという解釈のあることを(周知のことだが)確認しておきたい。

二

『源氏物語』で、六条御息所は、物の怪となって夕顔をとり殺し、葵上に祟るばかりでなく、紫の上にとりつき、女三宮の出家の原因ともなっており、物語の表の展開に並行して、裏面に伏在しつつ、時として顕在化する。こうして高貴な女性の嫉妬や悲歎・妄執を並行させ、物語に奥行と陰翳を加えており、逆にまた、何度かの物語の表舞台への登場は、御息所の屈辱や悲哀のいかに癒しようのないものだったかということを鮮やかに印象づける。これを典拠にした能は『葵上』『夕顔』の他に、『野宮』『半蔀』『玉鬘』(御息所についてては一部のみ)『浮舟』などがある。『半蔀』『玉鬘』は、ここで触れる必要もないので、

『夕顔』と『野宮』について少し検討しておきたい。

『夕顔』は「夕顔の巻」を典拠とした三番目物（鬘物）で夕顔の霊が登場して旅僧の回向のおかけで迷いの道から仏の道に入るという筋立てで、典雅冷艶な趣をたたえている。御息所は、狂言中に「夕顔の上は物の気に取られ空しくなり給ひて候。これと申すも御息所の御心中恐ろしき御方なれば。御息所の御仕業と申し候[17]」と語られているが、むしろ「水の泡とのみ。散り果てし夕顔の。花は二度《ふたたび》咲かめやと[18]」「さなきだに女は五障の罪深きに[19]」などと語られているように、源氏と夕顔の契りの性質や夕顔の一生のはかなく頼りなかったことに一曲の焦点が当てられている。佐成謙太郎が「底知れぬ寂しさと、そこはかとなく漂ふ薫りと、さすがに源氏の女性らしい雅びやかさとを持つた、三番目物・鬘物として、最もなつかしい味ひを持つてゐる[20]」と評した通りの曲趣である。『野宮』は六条御息所がシテで登場するが、やはり三番目物で、御息所の激しい嫉妬の情は表舞台から後退したまま、「御姫宮諸共に伊勢に御下向あるべしとて。この野の宮に移り給ふを。源氏聞し召し。（略）長月七日の頃。この野の宮に参り給へども[21]」と「榊の巻」に典拠を求め、「時はもの寂しい秋、人は恋を失つた貴婦人、すべての條件を具備した幽玄な曲柄[22]」で「いかにも源氏物らしい優美な温雅な気品を具へてゐる」[23]と評されるように、秋の寂寥たる野宮そのものに象徴される、六条御息所の哀婉悲愁が一曲の主題となっている。因みに、『浮舟』では「御身を投げ給はんとて川の気色を見給ふに。（略）変化のものの業とて」[24]「祈り加持して物の気除けしも」[25]のように、筋（ストーリー）の推進に御息所（の仕業と思われるもの）が関与していることだけが記されていて、狂女物といっても激しさは表にはあらわれない。

　さて、能『葵上』は六条御息所が直接・間接を問わず登場する能の中で、唯一、光源氏との恋、源氏や恋敵に向けられた激越な嫉妬・妄執を主題に据えた作品である。能柄は四番目物・狂女物で、御息所の生霊が葵上の枕上に現れ、葵上に乗り移り、瞋恚の炎を燃して後妻打《うわなりうち》に及ぶが、横川の小聖の唱える般若経の声の法力に敗れてついに「成仏得脱」、心を和らげて消え去る。前ジテは泥眼、後ジテは般若の面を着用する。泥眼は「その金色の眼の色や、普通の女面よりは唇の両端がやや深い目にくびれている微妙な口のひらき具合などから、思いの迫った陰うつな女の表情」[26]を湛え、「はげしく燃えたつ思いと、それが充たされないための、つらくやるせない恨み心が胸の奥につかえているようなかげりをともなって」[27]いる。般若の面は『葵上』の他には『安達原』と『道成寺』にしか使用せず、内面に幾重にも折り重なり撓められた嗟嘆と屈辱の念が一気に噴出した鬼の形相を備えている。この面を戴いて「いかに行者。はや帰り給へ。帰らで不覚し給ふなよ(28)」と打杖をつくところでは、息を呑むほどの凄絶な表情を見せる。これに対する横川の小聖の読誦する「曩謨三《なまくさ》・曼荼嚩《まんだば》・曰羅赦《さらだ》」以下の呪文、般若声と悪鬼の対決こそ一曲の見所というべきだろう。しかしここに至るまでに六条御息所の霊は前ジテとして、自らの怒り恨み恥辱の念を激しく詳かに語る。

三つの車に法の道。火宅の門をや。出でぬらん　夕顔の。宿の破れ車。やる方なきこそ。悲しけれ（外の人達はみな仏法の方便に教へられて、生死の世界から免れ出ることであらうが、私は、源氏君があの憎らしい夕顔の宿をお訪ねになつてよりこの方、心は乱れ破れて、慰める術もないのが悲しい）(29)　（傍点は引用者）

身の憂きに人の恨みの猶添ひて。忘れもやらぬわが思ひ。せめてや暫し慰むと。梓の弓に怨霊の。これまで現れ出でたるなり（自分自身の運命がつらい上に、人の無情な恨みまで加はつて、辛い思ひを忘れる時がないのであるが、せめて暫くでも慰むことが出来ようかと、梓の弓にひかれて、怨霊となつて、ここまで現れて来ました(30)

このような静かな述懐が次第に気分が昂揚してくると、瞋恚の焔は葵上にむかう。

あら恨めしや。今は打たでは叶ひ候まじ(31)

恨めしの心やあら恨めしの心や。人の恨みの深くして。憂き音に泣かせ給ふとも。生きてこの世にましまさば。水暗き沢辺の蛍の影よりも光る君とぞ契らん(32)

次にはその葵上と自身の落魄とを比べ、恥辱の念さえ吐露するのだ。

わらはは蓬生の　もとあらざりし身となりて。葉末の露と消えもせば。それさへ殊に恨めしや。夢にだに返らぬものをわが契り。昔語になりぬれば。猶も思ひはます鏡。そ

の面影も恥かしや。(33)

「近代能」の原曲としての『葵上』については、先の引用の、とくに傍点部に注目しておきたい。「心は乱れ破れて、慰める術もないのが悲しい」という述懐は、夕顔のせいで源氏の愛を失ったゆえ、御息所の自我が崩壊してしまったことを端的に語っている。既に崩壊してしまった自我とは抜け殻とでも言う他ない。愛に満たされていた自我からすっぽりと抜け落ちた愛、その後に残されたのは、回復しようのない自我という主体だったのであり、貴婦人ゆえにその空洞の傷ましさは内へ内へと秘められて折り重なっていくしかない。こうして意識の奥底に堆積した悲哀と憤懣が包み切れずに漂い出たのが生霊であろう。

三

三島の「近代能」『葵上』では、若林光が商用の旅先で妻葵の発病を知り、急遽病院に駆けつける。看護婦の言うには、毎夜銀色の大型車で大ブルジョアの奥様が葵を見舞うということだ。話すうちにも姿を現したのは、光のかつての恋人・六条康子の生霊だったが、康子はいきなり葵の首を絞め、光に向かって愛してもらうためにここに来たとさえ言う。光には康子への愛は既に消尽しているのだが、昔話をするうちに、かつて康子の別荘の近くで二人して載ったヨットが現れる。艇上の語らいはタイムスリップして、昔の恋人同士のそれである。そこに遠くから葵の悲鳴がきこえ始めるとともに光は現在の心境に立ち返り、康子は光をふり払って帆のうしろへ消え去った。康子もヨットも消え、光が茫然と立ち尽くしている。我に返って、光が康子の家に電話をすると、康子が出て、今まで寝ていたという声が聞こえるが、ドアの外からも康子の黒い手袋を求める声がして、この時、葵がベッドから転落して、死ぬ。

三島の翻案の方法について、原曲との相違から確認しておこう。原曲で生霊を呼び寄せる照日の神子の梓の弓は電話に当たる。康子の生霊は電話線を伝わって夜毎やってくるようだ。科学の器は生霊の利便に供されるの他なかった。生霊に挑み折り伏せようとする横川の小聖は「精神分析療法」という近代科学の一分野に該当する。構成の上では、「近代能」に設けられたヨットの回想のシーンに該当するものはなく、これは三島の創作になるものだ。最も顕著な違いは、終局の、葵が死んでしまうことで、原曲では横川の小聖の般若経の法力によって、生霊は「悪鬼心を和らげ。忍辱《にんにく》慈悲の姿にて。菩薩もここに来迎す。成仏得脱の。身となり行くぞありがたき」(34)と静かに退場するのだが。

主題に関して三島はこう言っている。

そのなか（「邯鄲」「卒塔婆小町」「綾の鼓」「葵上」―引用者）では「葵上」は、もつとも哲学的主題の稀薄なもので、主題は女主人公のしつとに集中してゐる。（略）殊にラストの、生霊と現身の電話の声とが交錯するところは、スリラー劇的な興味をねらつてゐる。(35)

私の「近代能楽集」は、（略）これで、五篇になるが、私としては、「葵上」が一番気に入つてゐる。（略）ただあくまで、六条御息所の位取《くらゐど》りが大切で、安つぽい嫉妬怨念劇であつてはならぬ。(36)

私の近代能楽集は、むしろその意図が逆であつて、能楽の自由な空間と時間の処理や、露はな形而上学的主題などを、そのまま現代に生かすために、シテュエーションのはうを現代化したのである。そのためには（略）情念の純粋度の高い「葵上」「班女」のやうなものが、選ばれねばならなかつた。[37]

わざわざ作者の言を参照するまでもなく、『葵上』の主題は「高貴な女性の嫉妬」に集中していることは明白で、しかし、冒頭に引用した批評家の「われわれが考えてるような庶民の生活に通じるものは何もない[38]」という実感が現代人の大多数のそれなら、現代は嫉妬の情念さえ稀釈されざるを得ないような、以って人間の生命力の衰弱した時代なのであろう。もしそうだとすれば、『葵上』は古典の再生による、本当の「演劇のよろこび」の復活であると同時に、人間の再生を企てる試みだったのであり、画一的で平板な日常生活の中に埋没した愛と嫉妬の観念を、劇的行為において肉体化する、原初的情念の復権だった。般若経の法力に代わって、現代では病院や「精神分析療法」が「性的コムプレックス」を治療しようとする。

看　ですから奥さまのいろんな夢も、みんな性的コムプレックスから来てゐることが、わざわざ分析してみなくたつて、わたくし共にはちやんとわかつてをります。何の心配もございませんわ。分析して、そうして解放すればよろしいんです。その手がかりに、かうして睡眠療法をしてをりますの。

看護婦がこう説明する間にも、生霊は電話線を通してテレポートし、葵に憑依、悪夢を見せている。科学的方法は何の役にも立っていない。それどころか次の科白は看護婦の口を借りて康子が話しているようにさえ聞こえる。

看　……今は愛の時刻ですわね。愛し合つて、戦い合つて、憎み合つて。昼間の戦争がすむと、夜の戦争がはじまります。もつと血みどろな、もつと我を忘れる戦ひですわ。(略)女は血を流し、死に、また何度も生きかへる。そこではいつも、生きる前に、一度死ななければならないんです。戦う男も女も、その武器の上に黒い喪章を飾つてゐます。かれらの旗はどれも真白なんです。でもその旗は、ふみにじられ、皺くちやにされ、ときには血に染まります。鼓手が太鼓を打ち鳴らしてゐます。心臓の太鼓を。名誉と恥辱の太鼓を。

ここに語られているのは、「愛の世界、愛の時刻には超然としてゐ」て、「時たまベッドの中で化学変化を起すだけ」の「昼の世界」の対極にある「夜の世界」である。「昼の世界」の愛が、「観念の愛」であり、「観念の愛」が創り設けた「化学反応」に過ぎないのに対して、「夜の世界」の愛とは、人間主体としての自我をもまきこんだ、全精神と肉体のすべてを投じた死と生にかかわる戦争なのだ。慎み深く年齢の差を恥じる女性なら、それら「昼の世界」の桎梏をこそ、「夜の世界」で破壊したくなるのも当然ではないか。そのことは『源氏物語』でも能でも同じだろう。

六　はじめから誇りなんかありませんでした。

六　(略) 高飛車な物言ひをするとき、女はいちばん誇りを失くしてゐるんです。

「昼の世界」で諸々の桎梏ゆえに圧迫された愛の真情は増々密度を加えていったに違いない。否、むしろその圧迫と密度こそ、「夜の世界」を招来したに違いないのだ。「六條御息所の位取《くらゐど》りが大切で(39)」という作者の危惧も、おそらく「昼の世界」の慎み深く思慮の優った女性の優雅な風情と、「夜の世界」の「生霊としてのすごみのかどかど(40)」「暗い業《ごふ》(41)」との距離と対比による効果を重視したためと思われる。同じ嫉妬と後妻打ちを主題にした『鉄輪』と比較しても、その情念の凄艶の点で、地位と年齢と性格など、しかるべき桎梏を備えた『葵上』の方が、嫉妬の意味がより深刻なのである。

このことについて、堂本正樹は「劇が王や女王を主人公とするのは（略）建前の最も過激に要求される人間に、最も高い誇りの、最も高い地点からの墜落を見られるからなのであ(42)り、「誇りが傷つけられる予感こそが、この時の恋の原動力なのである(43)」と説いている。しかし、三島の「近代能」には、原曲には殆ど記されていない、光と康子の直接の愛の表現が、質量両面において、葵をとり殺すことよりも、むしろ、こちらの方に大きな比重を置いているような方法で描かれているのであって、葵の死よりも、三島の表現の意図は康子の愛を描くことだった、と言ってもいいのではないか。葵の死は、むしろ康子の愛のありようを描くことによって、自《おの》ら《ずか》随伴的に発生した表現のように思われるのだ。浅見克彦は「嫉妬」の心理について「嫉妬の根は、自分と同じ列に並ぶ者たちへの敵対と憎悪にあるのではなく、自分に対する愛する人の意識と態度に焦点をあわせ、それらを特別なものとして確保する願望にあ(44)」り、決して「排他的に独占しようとする情動だけ(45)」が働くのではなく、「愛する人の意識と態度を自分の望むようにつかむという、内容的な所有の追求(46)」であると述べて、「嫉妬」の本体は飽くまで「愛」にあると説いている。まだ青年期の初めに女性に対する好奇心から康子を愛した光は、おそらく自らの自我及び社会を確かに把握しえていない不安ゆえに、康子の束縛を甘美なものとして受け入れたのではないか。であるとするなら、それは「愛」というよりむしろ「愛の観念(47)」だったのであり、自我を模索するための「愛という名前の戯れ」にすぎなかった。

光　僕はね、あのころ不安定で、ふらふらしてゐた。鎖がほしかつた。僕をとぢこめてくれる檻がほしかつた。あなたは檻だつた。そしてもう一度、僕が自由になりたいと思つたときも、あなたは依然として檻だつたんだ。鎖だつたんだ。

「光」というその名前の意味しているのは、社会即ち表、「昼の世界」であって、光は社会なる女性一般を知ろうとして康子に接していたのである。

光　……僕は、別にあなたを愛してなんかゐませんでした。子供らしい好奇心があつただけです。

「昼の世界」を知り尽くし、成長を確信したゆえ、光は「昼の世界」の機構の中へ、自らも「結婚」・「夫」という「役割り」をこなすべく参画していったのであろう。

康子がほんとうに光を求めたのは、この光の離反、康子にとっては何としてもその喪失感と渇きを埋めねばならないという、抜き差しならない衝動に駆られた時に他ならなかった。

六　私の檻のなかで、私の鎖のなかで、自由を求めてゐるあなたの目を見ることが、あたくしの喜びだつたの。そのときはじめてあなたを本当に好きになつたんだわ。

「他者との関わりのカオスにのみこまれる崖っぷちで、あくまで己れの存在にまとまりと秩序を確保せんとする構え、これを意味づけ自己了解する概念として、自我は愛なるものを立ちあがらせる。愛が自我をその内奥からつき動かして、その意識と行動を牛耳るのではなく、存立の危機を招来する他者との交わりに対して、自我が挑む存在の戦略として、あるいはサヴァイヴァルの「物語」として、愛が召喚されるのである」(48)――愛がそのような「物語」であるとすれば、康子の貴婦人の嫉妬という主題も、その実質は、飽くまで自我存立の危機に際して、光への愛をかきたて、遮二無二、愛の命ずるままに疾駆する他ない、人格にとって最後の地殻変動なのだった。嫉妬は派生的な動きであり、康子本来の意図は源氏への愛の他にはない。その愛がおのずから変成したものが嫉妬の情念なのである。結果的に嫉妬に狂う表現が、いかにスペクタクルに満ちていようとも、その怖ろしい情念の表現は、実は、病的に繊細でもろい神経がうち震えながら、愛を求めて発する青白い魂の炎を表したものだ。あらゆる人間同士の生存の条件に照らすなら、愛とは必ずや全て「あらかじめ失われた愛」である他はなく、嫉妬を伴わぬ愛はない、とさえ言えるのではないか。

六　さうなの。あなたの右側にゐるとき、あたくしにはあなたの左側が嫉ましいの。

原曲の翻案および作品構成に於て、三島独自の方法として導入されたのが、この回想（幻想）場面であり、ここにこそ彼の表現の本当の意図が潜んでいるに違いない。己れの破滅をものともせずにただ愛の力に促されて勝算もないまま突き進むしかない心理的スペクタクル――嫉妬という裏面から愛を描くこと――の表現こそ、三島が能の表現にそれを発見し、それによって能を再生させようとした、「近代能」の本来の意図ではなかっただろうか。衰弱した「観念の愛」に愛本来の憎悪や暗い力をとり戻し、「近代」そのものを再生させることが彼の意図だったように思われる。

『源氏物語』が光源氏の物語である限り、六条御息所の嫉妬は物語の闇として、源氏の心理の陰翳としての位置を守るべきだったのであろう。だが能の照明では光と闇は逆転して、蛇体の鬼の方を照射する。光源氏は舞台に登場しない。この光源こそ中世のこころとも言うべきもので、その視線は夜と闇と死を射程に納めたのである。「近代能」とは、能の表現に中世のこころを発見することによる能の再生であり、能の表現を一層徹底させることなのであった。

ふと裏口の方より足音して来る者あるを見れば、亡くなりし老女なり。平生腰かゞみて衣物《きもの》の裾の引ずるを、三角に取上げて前に縫附けてありしが、まざ〱とその通りにて、（略）裾にて炭取りにさはりしに、丸き炭取なればくる〱とまはりたり。（略）

この中で私が、「あ、ここに小説があつた」と三嘆これ久しうしたのは、「裾にて炭取にさはりしに、丸き炭取なればくる〱とまはりたり」といふ件りである。（略）幽霊がわれわれの現実世界の物理法則に従ひ、単なる無機物にすぎぬ炭取に物理的力を及ぼしてしまつたからには、すべてが主観から生じたといふ気休めはもはや許されない。かくて幽霊の実在は証明されたのである。(49)

横川の小聖に折り伏せられて生霊が退場する他なかった原曲の終局が、「近代能」では電話からきこえる康子の声、扉の外の生霊の声、康子の黒い手袋の三者を同時に存在させることによって、生霊の存在証明が成立し、またそのことは『小説とは何か』で作者の言う言葉の力を実践することであり、愛という「夜の世界」の復権を果たすことなのだった、と言いうるように思われる。

〔注〕

（1）「上演される私の作品―「葵上」と「只ほど高いものはない」」（初出「大阪毎日新聞」一九五五年六月五日）

（2）「「葵上」と「只ほど高いものはない」」（初出「毎日マンスリー」一九五五年六月一八日）

（3）堂本正樹『幕切れの思想　三島由紀夫の演劇』劇書房、一九七七年七月

（4）安部公房・大木直太郎・日下令光による「新劇合評」（「新劇」白水社、一九五五年九月）の大木の発言。

（5）「「演劇のよろこび」の復活」（初出「雲」一九六三年三月）

(6)「ロマンチック演劇の復興」(初出「婦人公論」一九六三年七月)
(7) 前掲(注6)に同じ。
(8) 前掲(注6)に同じ。
(9)「戯曲の誘惑」(初出未詳、一九五五年九月)
(10)『源氏物語』本文からの引用及び口語訳は「新潮日本古典集成」に拠った。また口語訳は適宜表現を改めた。
(11) 前掲(注10)に同じ。
(12) 前掲(注10)に同じ。
(13) 前掲(注10)に同じ。
(14) 前掲(注10)に同じ。
(15) 前掲(注10)に同じ。
(16) 前掲(注10)に同じ。
(17) 佐成謙太郎『謡曲大観　第五巻』明治書院、一九八二年八月。但し口語訳は適宜表現を改めた。
(18) 前掲(注17)に同じ。
(19) 前掲(注17)に同じ。
(20) 前掲(注17)に同じ。
(21)『謡曲大観　第四巻』明治書院、一九八二年七月
(22) 前掲(注21)に同じ。

(23) 前掲(注21)に同じ。
(24) 『謡曲大観　第一巻』明治書院、一九八二年四月
(25) 前掲(注24)に同じ。
(26) 里井陸郎『謡曲百選　その詩とドラマ〔上〕』笠間書院、一九七九年五月
(27) 前掲(注26)に同じ。
(28) 前掲(注24)に同じ。
(29) 前掲(注24)に同じ。
(30) 前掲(注24)に同じ。
(31) 前掲(注24)に同じ。
(32) 前掲(注24)に同じ。
(33) 前掲(注24)に同じ。
(34) 前掲(注24)に同じ。
(35) 前掲(注1)に同じ。
(36) 前掲(注2)に同じ。
(37) 『近代能楽集』あとがき(新潮社、一九五六年四月)
(38) 前掲(注4)に同じ。
(39) 前掲(注2)に同じ。
(40) 「「近代能楽集」について」(初出「解釈と鑑賞」至文堂、一九六二年三月)

（41）「女の業」（初出　花柳滝二リサイタルプログラム、一九六三年九月）
（42）『劇人三島由紀夫』劇書房、一九九四年四月
（43）前掲（注42）に同じ。
（44）浅見克彦『愛する人を所有するということ』青弓社、二〇〇一年七月
（45）前掲（注44）に同じ。
（46）前掲（注44）に同じ。
（47）福田恆存『筑摩文庫　私の幸福論』（一九九八年九月）。ここで福田は必ずしも恋愛が観念的であることを批判している訳ではないが、人が誰かを愛する前に、恋愛一般において「論」や「観」が既にできていて、それに従って相手を探すという、恋愛の普遍的性質を確認した上で、恋愛が観念的であることを忘れたままいることが問題だとして、恋愛論を展開している。ここでの「観念の愛」「愛の観念」もほぼその意で使用している。看護婦の語る愛も一つの「観念の愛」と言ってよい。
（48）前掲（注44）に同じ。
（49）「小説とは何か」（初出「波」一九六八年五月～一一月）この指摘は岡本靖正が「時間論的批評の方法」（「解釈と鑑賞」一九七六年一〇月）において既に指摘していること、断っておく。

参考文献

荻野恒一『現代教養文庫　嫉妬の構造』一九九六年八月

フランチェスコ・アルベローニ『新・恋愛論』中央公論社、一九九六年九月
フランチェスコ・アルベローニ『中公文庫　エロティシズム』一九九七年一月

5 『班女』論
――正気の果ての狂気――

一

三島由紀夫の「班女」は、雑誌「新潮」昭和三十年一月号に掲載され、翌三十一年四月に『邯鄲』『綾の鼓』『卒塔婆小町』『葵上』とともに『近代能楽集』（新潮社）に収録、出版された。

初演は昭和三十二年六月、俳優座スタジオ劇団（演出は田中千禾夫）によるものだが、その後の上演は昭和四十年（劇団ＮＬＴ）、昭和五十一年（近代能楽集上演委員会）、昭和五十二年（松竹）(1)など、他の人気曲に比較すれば決して多い回数ではない。ドナルド・キーンの翻訳によって、アメリカ・クノップ社から『近代能楽集』が出版される（昭和三十二年七月）前の三十二年四月十二日、三島は三人のイギリス人俳優により英語で、自身で本作品を演出、上演した。「外国人の評判はなかなかよかつた[2]」と言っており、ドナルド・キーン宛書簡にも[3]「今、「班女」を上演して、パーティーをすませて、家へかへつたところです。お客は大へんよろこんでくれました。ぜひニューヨークで上演したらいい、とも云はれました」と記している。ドナルド・キーンは「日本ではそれほど高く評価されていないようだが、外国では一番人気のある三島氏の曲の一つである[4]」と評している。

筆者もオーソドックスな古典的恋情を近代人の心理劇として再生させた伝統の継承と簡潔で緊張に満ちた構成等、見事な作品と評価したいのだが、発表当初から、国内でそれ程評価されなかったという事実は、作品の価値それ自体より、近代日本、とりわけ戦後の、読者・観客の側の文芸観・演劇観の質や時代状況を反映した結果を示しているのではなかろうか。それは例えば、三島が「私には特に、新劇の公演の、あの死灰のやうな気分が堪へられない。いたづらに誠実さうな顔つきをした、「まじめな」観客といふものが堪へられない[5]」と嫌悪した新劇の「思想劇」であり、「井戸端会議的なもの、となりのをばさんのうはさ話的なものが、小説や芝居と、観客や読者をつなぐ唯一の紐帯であつて、それがリアリズムと呼ばれてゐるのは困つたことだが(6)」と批判した日常レヴェルの延長にしかリアリズムを認めない劇的精神の衰退した演劇界や観客のことであり、『班女』の評価はそういう演劇状況から出たもののように思われるのである。ここでこの問題に詳しくとり組む余裕はないので、『班女』の原曲との比較分析に基づいて、「近代能」の表現と、古典・伝統の継承という二つの問題についての解明を試み、この問題にも答えることにしたい。

さて『班女』原曲の能柄は四番目物（狂女物）で現在能、作者は世阿弥と考えられているようだ。素材は「吉田の少将が東国で女を得た話」と「班女とあだ名された遊女がいた話」で両者とも出所は不明とされている(7)。

吉田の少将が京から東に下る途中、美濃の国野上の宿に投宿した際、花子という美しい遊女とねんごろになり、再会までの形見にと互いの扇をとりかわして持つことにした。花子が持つことになったのは「夕暮の、月を出《いだ》せる扇」であり、吉田の少将が持ったのは「夕顔の、花をかきたる扇」だった。元々花子は幼い頃からつねに扇をいじくりもてあそぶ癖があったので、班女とあだ名された（但し『謡曲大観』では、少将との扇の交換後に扇に見入るようになった、となっている(8)。班女とは前漢武帝の寵妃班婕妤《はんしょうよ》のことで、帝の寵愛を趙飛燕に奪われ、秋になると捨てられる夏扇にわが身を譬えた詩を作ったという。他の客の酌をしなくなった花子に腹を立てた野上の宿の長は班女を追い出し、花子は男の心の頼み甲斐のなさを嘆き託ち、神仏に再会を願いつつ諸方をさまよい歩くこととなった。

秋となり吉田少将は京への帰路の途次、花子を尋ねるが、放逐されたと知り、都に帰ることになる。かねてより糺の森下賀茂神社に祈願のあった少将がその足で参詣に訪れると、扇を抱いて狂乱する花子に出会う。互いの扇を見せ合いそれと確認し合って二人はようやく再会を喜ぶ。主題は「可憐な遊女のひたむきな恋を描き」「狂女物ではあるが、いわゆるクルイの部分もなく、あくまで恋慕の主題を一貫させている(9)」「純然たる世話物で、殊にその主人公は遊女であるから、極めて濃艶なものとなってゐ(10)」て、「しかも、その文は扇を主として、配するに風と月、花と雪とを以てしたもので、恐らく二百幾十番の謡曲中、最も艶麗なものといひ得る(11)」とされるように、寂寥たる秋を背景に、わが身の定めなきを恨み託ち、神仏にすがりつつさまよい歩く姿に一途な情念がその行為に結実したかのような味わいがある。

三島は能の中でもとりわけ班女を好んだようで、「私は「班女」といふお能が好きなあまりに、同題名の小さな詩劇に飜案したこともある」(12)「原曲「班女」は私の好きな能である。しちつくどくないのがいいし、コケおどかしでないのがいい」(13)と記している。純一な思慕の曲趣を評価した言葉だろうが、自身の翻案化については「恋人をいつまでも待つてゐる。といふやうなことは、詩的ではあるが、あんまり演劇的ではない。恋人があらはれて、再び結ばれれば、そこで急に芝居はおしまひになつてしまふが、恋人があらはれるまでは、劇の漸層的な高まりはないわけで、堂にめぐりの内心独白に終始するほかはない。私はそこにまさに飜案の欲望をそゝられたのだが、そのとき思つたことは、ホフマンスタールの詩劇のやうなかういう詩的セリフによる独白劇を、いかに能は、豊かな表現を以て成功させてゐるか、といふことであつた」(14)と述べつつ、能の詞藻豊かな表現面を評価しているのだが、謡曲詞章を東西の文学のパースペクティヴに於てこういう正当な評価を与えた戦後作家は、三島以外に殆ど例がなかろう。ただし、伝統とは単にそれを継承するだけでは尚古趣味に終わる。彼はむしろ伝統を現在のものとして生かそうとしたのだった。「そこにまさに飜案の欲望をそゝられた」という言葉は、そういう能の文化的伝統を現在のものとして再生させることを明確に意図していた言葉である。

能の再生、現代化に際して、必要とされたのは、言うまでもなく現代作家としての息吹きであり、「新しい心」なのであって、次のような言葉は、彼が翻案化に際して自己の表現として加味した「新しい心」、「詩」なのではないか。

> しかし近代劇の狂女は、その狂気が分析されて、観客の知的理解に愬へるためのあらゆる工夫が施され、狂女と他の登場人物とは、その意味では、おなじ次元の上で対立を余儀なくされるのであるが、「班女」のヒロインは、他の登場人物たちの住んでゐる世間から、狂気によつて高く飛翔した。あるいは深く沈潜した、一種の神なのであつた。[15]

その一方で、

> これを近代化するにも、あまり余計な策を弄さぬはうがいいと思つて、簡素に、簡素にと心がけすぎた嫌ひはあるかもしれない。[16]

と素材の不足に言及してはいるが、翻案に際して、作者自身の「詩」の表現が新たに企図されたことはまちがいない。

世阿弥が「花は心、種は態《わざ》なるべし[17]」と言う時の、花とは舞台に表現され、観客が感応する際の舞台と観客との接点のようなもの、表現効果であり、種とはそういう花を生む種子、即ち表現者の技術のみならず、演技上の知識、経験を含めた戦略をも意味していたと思われるが、近代能の作者の意図とは、無雑でひたすらな恋慕の情と嗟嘆の詩劇を現代的心理劇として再生させることであり、その際の心理分析に己れの「詩」を盛り込むことが種＝態に該当するだろう。

以下、このような側面から、近代能『班女』における能の継承と再生の意図について分析、解明を試みたい。

二

さて、三島由紀夫の近代能『班女』の梗概は次の如きである。

花子という美しい狂女が日毎、井ノ頭線某駅に現れ、かねて再会を約束した恋人を駅のベンチに座って終日待っている。男は一向に現れず、そのせいで女は狂気になり、女将にもさいなまれるようになった。女は元芸者で、男は客、再会を約して互いの扇をとり交わした。男の扇には雪景色が描いてあり、女の扇には夕顔の花が描かれている。花子の狂気は昂じて、恋人（吉雄）以外の男の顔は皆死んでいて「髑髏《されかうべ》」にしか見えず、今や「待つこと」だけが生き甲斐になっている。

旅先で花子を見た女流画家本田実子は花子の、無心に恋人を待つ美しさに夢中になり、花子を落籍して連れ帰る。実子は四十歳になる独身の画家であるが、誰からも愛されたことがない。花子を描いた自信作は一切外に出さないので、絵は売れない。それより、花子の美しさを称えながら二人だけで生活することの方が実子にはこの上ない喜びとなっている。

しかし花子のロマンスが新聞に載り、それを読んだ吉雄が花子を迎えにやってくる。その前に花子と旅に出ようとした実子だったが、二人は再会する破目になる。ところが花子は吉雄の顔も他の男と同じく死んでいて、髑髏《されかうべ》だと言い張って本人と認めない。吉雄の去った後、花子は待ち続け、実子は誰をも待たない人生を全うすることが「すばらしい人生」なのだと確信する。

原曲と近代能を比較すれば、翻案に際して作者が自身の表現のために心を砕いた、最も大きな変更は、原曲では吉田少将と花子は再会を果たした後、「扇のつまの形見こそ、妹背の中の情《なさけ》なれ」と謳われた通り、めでたく夫婦となるが、近代能では花子は吉雄を彼と認めず、再会は徒労に帰し、おそらく終生「待ち続ける」人生を送り、実子と共生することになるということ、この経緯《ゆくたて》を出来させた花子の「狂気」は現代の「狂気」であり、原曲の「狂乱」は花子の思慕を美しく装飾するものだったこと、もう一つは原曲には全く影さえなかった実子の登場であることは明白である。

私の「班女」のシテには、リルケの「マルテ・ラウリッツ・ブリッゲの手記」の中に描かれてゐるポルトガルの一尼僧マリアンナ・アルコフオラドその他の「愛する女性」の面影がなければならぬ。又リルケの描いたサフォーのイメーヂが、作者の私にはあつた。リルケによると、サフォーは「二人の人間のうちで、あくまで一人が愛する人になり、他が愛される人になるのを嫌」つた。「サフォーはその愛の絶頂で、自分の抱擁を拒んでゐる人のことをなげいたのではない。もはやこの世にあり得ぬとおもはれる人を彼女のはげしい愛に堪へうるであらう人を、彼女はなげいてゐるのだ」

実際、あまりに強度の愛が、実在の恋人を超えてしまふといふことはありうる。それは花子が狂気だからではない、実子の云ふやうに、彼女の狂気が今や精練されて、狂気の宝石にまで結晶して、正気の人たちの知らぬ、人間存在の核心に腰を据ゑてしまつたからである。そこでは吉雄も一個の髑髏にしか見えないのである。(18)

先田進によれば、三島の『ポルトガル文』体験は堀辰雄を媒介とし、「さらに堀を介してリルケに赴いていったと推察される(19)」ということだが、要するにここで三島が自解していることは、現実に存在する男に向けられていた愛が、おそらくその愛の対象として、愛する主体に、その愛の重量にふさわしいだけの愛を送り返す資格を失った（あるいは初めから備えていなかった）ことによって、愛の対象を超えてしまうか、対象を必要としない愛に変貌し、愛それ自体の運動体、一種の永久機関のようなものになってしまったということであろう。もちろん、それは自己救済や逃避の姿ではなく、愛はそれ自体、元々そういう種子を胚胎しているのに違いない。先田は三島の堀辰雄を通しての『ポルトガル文』受容だけでなく、昭和十年代、三島は日本浪漫派の影響圏にあり、堀が『蜻蛉日記』の作者右大将道綱の母に『ポルトガル文』の作者・主人公（とされる）尼僧マリアナ・アルコフォラドの姿を重ねて見ていたこと、また三島が『王朝心理文学小史』でそのこと等を指摘していることを紹介している。[20]ここではこの方面の問題にあまり詳しく立ち入る余裕はないのだが、もう一度次の点について確認しておきたい。即ち、三島が堀、およびリルケを経由して『ポルトガル文』を知り、少なからずその影響を受けたこと、『蜻蛉日記』の作者の姿を『ポルトガル文』の作者マリアナに投映させて見ていたこと、三島自身がこれら女性の愛に少年時より強く惹かれ著しい関心を抱き続けていたこと、それだけでなく、元来、三島の中にこれらの女性の愛と近似の愛がヴィジョンとして存していたのであって、『ポルトガル文』等は彼にそのことを確認させたのではなかっただろうか。そして、『班女』翻案に際して三島が企てたのは、ただ男に捨てられてあてもなく所々さまよう可憐な女性を描くことではなく、愛の極点に於て人間の現実的限界をはるかに超えて、いわば一つの「神」として、世の人々の愛の対象にもなる女性を、自身の表出と重ねることであった、と思われる。因みにリルケも『マルケの手記』で触れているように、そのような女性は、尼僧マリアナだけでなく、『アベラーズとエロイーズ』のエロイーズもまた、必ずしも実在の対象たる男の存在を必要とせずとも、と言うより、決して衰えることのない不壊の精神的王国を築いたという点で、マリアナと同類の女性と言ってよい。原曲に於て、花子の「狂気」は堂本正樹の言うように「精神障害者のそれではなく、この当時存在した広義の旅芸人の一種」で「「狂う」という芸が神の保護を得ていると半ば信じられていたが故に、危険から守られていた、古き歩き巫女の崩れ」であり、この時代にも既に「巫女」という神により近いところに位置を与えられた存在であって、その特権の理由として「純情な遊女」という「男の果たせぬ夢が、この職種に長く投影され」ていたこと(21)が銘記されねばならない。そしてこのような特異性で、人間がその性質や感情や行動を純化し極地へと接近することによって次第に神に近づく、という劇《ドラマ》は、能の基本的姿勢であり、三島が能に日本文学中最も高い評価を与えて賞讃し、現代化を図ったのもこの点に理由があったようだ。自身の性情に最も親近を覚える思想が、能に存していたのである。彼は決して凡庸な人間の平凡な日常を表現しようとしたのではなく、精神と肉体及び行動の純化し、日常的限界を超越して神に近づく劇《ドラマ》を創出しようとし、同時に彼自身の「心」を表現しようとしたのである。したがって、『近代能楽集』を書く際に彼が原曲としてふさわしいか否かを判断する際には、殆どの場合、その作品の神と自身の神とが重ねられることを条件として選んだものと思われる。『綾の鼓』『葵上』『卒塔婆小町』などもこうして選ばれたのだろう。

原曲では花子は野上宿を追放された後、諸方をさまよい歩くのだが、近代能の花子は実子のアトリエにひきとられ、毎日そこから電鉄駅に行き、そこで終日乗降客の顔を検分し、疲れ果てて帰宅する、そのくり返しである。しかし「待つ」だけの生だという自覚は持っている。

これは私の体なの？　私はしまらない戸なの？

原曲の花子の「狂気」と比べて、三島の花子は、運動〈反復運動〉の拠点を定めて、待つことの効果をより上げようとし、

私ここを動かない。〈略〉私さへ動かなければ、動ゐてゐるあの人が、きつといつか私に会ふんだわ。

自分の行動とそれに伴う精神的風景をも正確に把握している。

私、眠つてゐる小さな島みたいに見えるでせう。舟着場をひろい海のはうへ向けて、来る日も来る日も、沖のはうを真赤な入日を透かしてとほる帆舟のひとつが、こちらへ向つて来はしないかと待つうちに、眠りこけてしまう小島みたいに。

この時花子の「待つ」ことの純化された時空間内では現実世界の事物の関係性が既に、「待つ」意味の磁力によってすっかり組みかえられている。

昼間も月が出、夜もお日様がかがやいてゐて、時計はもう役に立たないの、その島では。
私、時計を捨ててしまふわ、けふから。

期待はことごとく裏切られ、舟は皆、島を通り過ぎてゆく。島は次第に別物に変生して、いつまでも待つ島と名を変えざるを得まい。期待は裏切られ続ける。しかしだからこそ待ち続け、そうしているうちにも、待つことの目的はいつか限りなく小さなものになり、待つ熱誠のような情熱が身内に胚胎してくるのはことの道理、外界の時間さえこの情熱は変えてしまうのであろう。花子の愛はかようにして、身体のことごとに浸透し、待つ化身、愛の化身として彼女を変生させ、やがて愛の電磁波は愛する人を、はるかの高みに昇天させて、一点の星、ただ一つの「神」として仰ぎ、信仰することになるだろう。花子の魂のドラマはそういう新しい「神」と、新しい「世界」創造への道を辿りつつある。

三

『班女』の翻案化に際して、現代化の意図のもとに導入された、新たな人物は、言うまでもなく実子という画家であり、実子が花子の「美しさ」を発見して、落籍し、「この人を決してその不実な男に奪はれてはならない」と心に誓い、自身の家に連れ帰り、花子を養っている、という成り行きは原曲には全く見られなかった展開であることは言うまでもない。したがって『班女』の近代化に際して、作者三島の近代的表現の意図が最も顕著に表れるのがこの画家の人物像であり、花子との関係であることも至極当然のことだろう。ことに劇の結末を飾る、

実子　あなたは待つのよ。……私は何も待たない。
花子　私は待つ。
実子　私は何も待たない。

花子　私は待つ。……かうして今日も日が暮れるのね。
実子　（目をかがやかして）すばらしい人生！

の五行は何か全く異質でしかし対極的な魂が一つの「対」としてパズルの完成のように、出会って結合する様を思わせて、この瞬間、何かが確かに成就したことを感じさせる。
小平淑恵はこの幕切れは「二人の人間同志の共同生活と見るべきではなく、自分のこよなく愛する芸術作品と芸術家の共同生活であって、ここに人格としては、一人が在るのみである。幕切れの「すばらしい人生！」の言は、全く実子一人の「すばらしい人生」である」と見ている。これは花子と実子との関係を「花子は、実子にとって最も力を注ぎ込んだ芸術作品なのだ」という見解に基づいた読み方である。花子の美しさとは、「実子のみが鑑賞、堪能し尽くせるもの[22]」であるゆえ、それは共生ではなく、実子がどこまでも主体として表現され、花子は芸術家にとっての美の対象でしかない、とする読解が根底にあってのことだ。吉澤慎吾は小平の読解を継承しながら、「「班女」の本来の意図は、《もの》の〈もの〉＝花子の愛の物語に在るのではなく、《ま》＝三島の作家半生の告白に在る[23]」

として、花子には象徴としての三島の作品が意図され、二人の関係は世の理解を超絶した作品と唯一例外的にそれを理解し、信頼する芸術家（三島）の関係だとしている。

確かに実子は画家（芸術家）である。そして花子の美しさの秘密を恐らくこの世で唯一人知っている人物であろう。花子のことを「完全無欠な、誰も動かしやうのない宝石」「狂気の宝石」「あなたなんかの及びもつかない貴《たつと》いふしぎな夢、硬い宝石」と比喩できるのは実子だけだ。しかしその「宝石」とは一体如何なる実質を示しているのだろうか。第三場までは実子は花子を「宝石」と喩えながらも吉雄にどうにかして会わせまいと苦慮していた。花子はこの段階ではまだ恋する対象としての吉雄を待っていた、あるいはその可能性があった。だからこそ実子は、吉雄に会わせまいとしていたのだった。男に裏切られてもなお待つことを諦めないでついに狂気になった花子だが、しかしこの段階の花子はまだ恋する相手（対象）が出現すれば、それと認める可能性もあり、また待つことに倦んでしまう可能性もあった。「あの人のともすれば消えさうになる燈芯に、毎日希望の火を点けるのが好きなの」と実子が言うのはそのためだった。

実子の防害にも拘わらず吉雄と花子が再会を果たした折、原曲でなら、ここが作品のクライマックスになって終曲となり、それまでのあわれな成り行きがいわば昇華され、花子の一途な可憐さが一層重層的な美しい姿となり、観客の讃美するところとなるであろう。

　ところが花子は吉雄に向かって「あなたも髑髏《されかうべ》だわ。骨だけのお顔。骨だけのうつろな目」、吉雄さんの顔だけが世界中で一人だけ生きているのに、と言い放つ。花子の「狂気」はこの時にこそ「完成」したのだった。花子の「狂気」は密かに自己増殖していて、そしてここで、それまでの「狂気」とは全く質の違う高みに飛躍したのだ。実子が初め発見した時の花子の「狂気」は、男に裏切られたことの、いわば自己救済としての「狂気」だったのだろう。その後いかにして「狂気の宝石」となったのか。「待つ」こと、約束した相手を待ち続けるとは、即ち信じることである。信じるとは己れを殺して、相手のために生きるという意味で、元々「狂気」を根底に秘めている。吉雄と会った時の花子は決して自己救済としての「狂気」のままいたのではなかった。愛する感情が、相手の不在ゆえに弱まるのではなく、不在ゆえにますます強化されていき、具象的な現実世界の対象では、その愛を満たし、その愛に応えることができなくなってしまったのだった。かくして花子の愛は現実世界の言葉では「狂気の宝石」と称されることになった。愛すること、信じることとは、その愛の対象のために己れの全存在を捧げることが、その極点に於て用意されていてしかるべきものだろう。同時に己れの利得を限りなく放棄することにもなろう。現実的に、愛の対象が眼前に現れ、自己の所有となった時、花子の「不幸」はそこで終息し、「幸福」を手にするかわりに、愛すること＝信じること——待つこと——を失ってしまう。この意味で花子の「狂気」とは「正気」に対する、病理としての「狂気」なのではなく、その始まりに於ては平凡でひたむきな素朴な愛の感情が再会の瞬間に極点に到達した、正気の果ての愛と言うべきで、満たされることよりも渇望、再会よりも待ち続けること、他でもない、愛の方を選択したのだ。現世的利得を拒絶したこの選択には真の意味での叡智が働いているとは言えないだろうか。正気の果ての「狂気」とはこの意味を言うのであって、再会の幸福とは愛の終わり、「心の王者」の高みからの転落にちがいない。

おそらく、世阿弥と目される能作者もそういう愛を表現しようとしたのであって、「狂女物」の狂女は単なる精神異常ではなく「神により近いところに位置を与えられた存在」[24]だったということがその証左、花子は平凡な遊女の中から偶然選ばれた純朴な愛の持ち主ではなく、神の領域に住む愛の化身であり、それ故に、時間を超えて幾度となく再生するのだ。そしてここには、人が「神」を己れのものとして、身体化、行動化することによって、その人自身もまた「神」に近づくという、人間最奥の秘事が語られている。「劇とは何事かの到来であり、能とは何者かの到来である。」(25)と言ったポール・クローデルは能に神や精霊や亡霊を見たのに違いないが、神格化した人間もまた「何者か」である。三島は、三好行雄との対談で、『綾の鼓』の「あたくしにも聞こえたのに、もう一つ打ちさへすれば」は「一種の裏がえし」だけれども、必ずしも自身のモダン・アダプテーションではなく、「お能にはあれくらいのことは、ちゃんと書いてあると思う」(26)と述べているが〈近代能〉は単なる現代的翻案ではなく、まず初めに三島の卓抜な原曲の読解があって、その能のこころを文化的伝統として、翻案ではなく再生させるところに彼の意図があったと思われるのである。中世の人々が「神」として讃えた愛の化身花子を「狂女」として現代に再生させること、三島の意図はここにあった。伝統とは死蔵せる財貨ではない。いつの時代にも生きた心として再生し新しい意匠によって承け継がれるものだ。現代の能作者三島が持ち合わせていて、他の作家達に与えられていなかったものこそ、花子に「神」を見るこころと、その「神」を「狂女」として現代化する意匠の才ではなかったか。三島が能『班女』に発見したのは、男の不実を託つしみったれた遊女ではなかった。幾度も甦り再生し、永遠に「待ちつづける女」、愛の神であり、やすやすと（あるいは必要あって）人に神を見ることのできた中世の人と現代人の落差をよく知っていたが故に、花子を「狂女」として再生させたのであった。

三島のギリシア熱はよく知られているが、彼が『アポロの杯』で「希臘人は外面を信じた。それは偉大な思想である。キリスト教が「精神」を発明するまで、人間は「精神」なんぞを必要としないで、矜らしく生きてゐたのである」というときには、当然ながらキリスト教の唯一神に対して、あらゆる自然が神格化され、また人間もたやすく神格化する世界のことを言っているはずだ。小説『潮騒』（新潮社、昭和二十九年）はこのような神々に満ちた風土を現代に再生させようとした試みであった。『班女』も人間の神格化という点では、三島にとってはギリシア神話の世界とつながっていたとしても不思議ではない。素朴な恋心が極まるところに、何ら思想がある訳ではない。むしろ心には何もない状態があり、その代わりに愛を具現化する肉体と行動があるばかり、中世の人はその姿に「神」を見て鑽仰したのである。

ただ花子の愛には自覚がない。花子の自意識の代わりをつとめ、その愛の価値について語り、保護し、賞讃する人物がいなければ、花子の「狂気」は「狂気」でしかない。能のワキに相当する人物として、実子は花子の「狂気」の意味を正確に分析し、語り、「完全無欠」な「狂気の宝石」と讃える。能の多くはシテが何百年も以前に死んでしまった人物の亡霊であったり、植物の精霊であったり、現身の存在ではなく、多かれ少なかれ神格化された何者かである。彼は大抵その人格（神格）を象徴する面《おもて》をいただいて舞台に登場するのだが、劇の順序としてはワキの旅僧がまず登場し、名所旧跡にたどり着いたところで、その場所にまつわる物語を語り、シテと対面する。ワキは面《おもて》をいただいていない。するうちにシテはその物語の主人公であることを明かし一旦舞台から退場する。後場に登場したシテはワキと出会った際の、仮りの姿から、面《おもて》と装束を彼らの人格（神格）にふさわしいものにとり換えて現れ、そこで彼らの、かつての恋の経緯《ゆくたて》や戦の苦しみなどを語り謡って舞を舞う。能の表現の眼目はもちろんここにあるのだが、この間中、ワキはワキ柱の傍に坐ったまま、観客と同じように、直面《ひためん》のまま現世の人として、異界からやってきたシテの謡と舞を見守るだけである。能の構成上、ワキは神格化された異界の人と現世の人たる観客との媒介《なかだち》を果たすものとして要請されたのであり、彼らが多くの場合僧侶であることも、その役割ゆえであったのだろう。

僧侶というワキは原曲には登場しない。花子は異界から越境して現世に現れた訳ではない。しかしやはり現身のまま神格化した超越的存在にはちがいない。彼ら観客は直接花子に神を見たのだろうか、否むしろ、彼らの視線の根源にこそ、花子を神と見るこころが宿っていたと言うべきだろう。三島はこの中世と現代の人々のこころの落差をよく知っていたがゆえに、神的なものと現代人の媒介《なかだち》、翻訳者として、実子という芸術家をワキとして配した。しかし実子は現世の人であって、尚よく神のことを知る人であり、観客に神のこころと行動を翻訳する人、いわば巫女として花子を己れの鏡に映し神格化に与ることの出来る人、同時にまた現代の観客（人々）の神を喪失した心をもよく知っているがゆえに、両者をとりもつことができるのだ。この意味で芸術家とはその認識と役割において、神ならぬ人、人ならぬ「何者か」と呼ぶこともできよう。

「邯鄲」は同名の謡曲の現代化と謂《い》つてよいものである。解釈は一見顛倒してゐるが、それは生活感情が顚倒してゐるせゐで、謡曲の作者も現代に生れてゐれば、かういう主題の展開法をとつたであらう。だからこの戯曲は、謡曲「邯鄲」の忠実な飜案といつてもよいものである。私はまたさういう現代的な蓋然《がいぜん》性を包んでゐる主題をもつた曲を選んだのである。(27)

『邯鄲』についてのこの翻案化に際しての言葉は、中世と現代の、それぞれの作者及び作劇法とそれぞれの観客の生活感情の相異についてきわめて卓抜な見解を示しており、『班女』にも同様のことが言える。花子の「花」が身体による表層的行動の美を象徴するとすれば、実子の「実」とは精神の領域における内面的認識者の認識とその外貌の醜悪さを象徴している。先に挙げた三島のギリシア熱の裏側に位置するものだ。しかしこの醜悪な認識者はその醜悪さゆえに、己れが美に憧れるべき存在であることを知悉している。実子がかくも花子に執着し称賛するのは、単なる憧れではない。精神しか持たない精神が肉体を得てはじめて一つの存在たるように、己れの存在を補完するものだったのだ。かくして、実子は芸術家三島のかくある自画像、花子はかくあるべき姿として補い合っている。三島が『班女』現代化に際して用いた意匠とはこのことだったのではなかろうか。

〔注〕

（1）『三島由紀夫研究事典』（勉誠出版、二〇〇〇年一一月）

（2）「班女について」（初出　俳優座スタジオ劇団同人会パンフレット、一九五七年六月）。以下『三島由紀夫全集』（新潮社　一九七五年七月）からの引用は煩を避けて〈初出〉のみを記す。

（3）『三島由紀夫　未発表書簡　ドナルド・キーン氏宛の97通』（中央公論社、一九九八年五月）の昭和三一年四月一三日消印の書簡。

（4）ドナルド・キーン（『新潮文庫　近代能楽集』解説、一九六八年四月）

（5）「ロマンチック演劇の復興」（初出「婦人公論」一九六三年七月）

（6）「戯曲の誘惑」（初出未詳、一九五五年九月）

（7）『日本古典文学大系　謡曲集　上』（岩波書店、一九六〇年一二月）

（8）佐成謙太郎『謡曲大観　第四巻』明治書院、一九八二年八月

（9）前掲（注7）に同じ。

（10）前掲（注8）に同じ。

（11）前掲（注8）に同じ。

（12）「班女について」（初出　産経観世能プログラム、一九五六年二月）

(13) 前掲(注2)に同じ。
(14) 前掲(注12)に同じ。
(15) 前掲(注12)に同じ。
(16) 前掲(注13)に同じ。
(17) 『風姿花伝』第三問答条々(『日本古典文学大系　歌論集能楽論集』岩波書店、一九六一年九月)
(18) 前掲(注13)に同じ。
(19) 先田進「「班女」試論―三島由紀夫の『ポルトガル文』受容をめぐって―」(「新潟大学国語国文学会誌」三一号　一九八八年三月　新潟大学文学部国語国文学会)
(20) 前掲(注19)に同じ。
(21) 『新潮選書　世阿弥の能』一九九七年七月
(22) 小平淑恵「『近代能楽集』「班女」について」(「二松学舎大学人文論集」46、一九九一年三月)
(23) 吉澤慎吾「「三島由紀夫「班女」論」(「二松学舎大学大学院紀要　二松」16、二〇〇二年三月)
(24) 堂本正樹『劇人三島由紀夫』劇書房、一九九四年四月
(25) この言葉はクローデルの「日記」に記されているものと推察されるが、未見。ここでは次の二著を参照した。金春國雄『能への誘い』淡交社、一九八〇年五月／坂部恵『モデルニテ・バロック　現代精神史序説』哲学書房、二〇〇五年四月
(26) 「三島文学の背景」(「国文学」一九七〇年五月)
(27) 「作者の言葉―邯鄲覚書」(初出『新潮文庫　日本現代戯曲集5』一九五一年四月)

6 『道成寺』論
——意識の檻から日常へ——

一

『道成寺』は『近代能楽集』の第五作に当たる作品で、雑誌「新潮」の昭和三十二年一月号に発表され、同月刊行の『鹿鳴館』（東京創元社）に収録された。作者は昭和三十一年刊行の『近代能楽集』「あとがき」(1)で、『邯鄲』（昭和二十五年）、『綾の鼓』（昭和二十六年）、『卒塔婆小町』（昭和二十七年）、『葵上』（昭和二十九年）、『班女』（昭和三十年）の「五篇がわづかに現代化に適するもので、五篇で以て種子《たね》は尽きたと考へざるをえなくなつた」ので、作品集として一本に纏めることにしたと記している。

『新潮文庫　近代能楽集』（昭和四十三年三月）は『道成寺』の後、さらに『能野』（昭和三十四年四月）『弱法師』（昭和三十五年七月）『源氏供養』（昭和三十七年三月）を書き継いだ上で、『源氏供養』は「題材として、それをアダプトすることが、まちがいだった」[2]ので「廃曲」[3]にし、最終的に八作品が収められることになったのである。『道成寺』の初演は遅く、昭和五十四年六月五日から十三日まで国立小劇場で、芥川比呂志の演出、杉浦直樹、藤真利子（清子）、南美江らの出演により、『邯鄲』『葵上』と併演で上演された。その後の主な上演は、昭和六十三年六月二十三日から七月三日まで、東京、京都、大阪、金沢で上演、演出は荻原朔美、出演は仲谷昇、山下智子ら。この時の山下智子は簡潔な演技で作者の意図する情念と哲学をよく表現しえていたように思われる。平成二年十一月にもサンシャイン劇場で板にのり、上演回数は多くはないが、作者は能『道成寺』には並々ならぬ愛着を抱いていたようである。

この能の主題は一にも二にも鐘であつて、すべては単純で力強い主題に集中してをり、しかも鐘は、煩悩と解脱を二つながら象徴してゐる。（略）「月は程なく入汐の」とか、「花の外には松ばかり」とか、「道成の卿、承り、はじめて伽藍、たちばなの」とか、無意味な装飾的な詩句が、一句一句、えもいはれぬ暗澹たる情念と絢爛たる外景とのなひまぜになつた詩句として感じられ（略）笛が時々アシラヒを吹くだけで、小鼓のみで囃す乱拍子では、舞台の上には異様な緊迫感が漂ひ、小鼓方の手の働きと、シテの白い足袋の爪先とが、見えない糸でつながれたやうに音楽と踊る人体が、一つの神秘な光線で貫ぬかれたやうに思はれる。（略）私は名人による「道成寺」を見るたびに、この苦難にみちた件りが永遠につづいてくれないかといふ願望に責められる。それは観客のふしぎな心理であつて、極度の不安の持続をねがふ心と、極度の歓喜の持続をねがふ心とが、一つになつたものなのである。そのときわれわれは多分鐘をもとろかす美女の執念に、完全に感情移入をしてゐるのであらう。(4)

「乱拍子」とは『道成寺』のシテの舞に限って用いられる特殊な小段のことだが、現代の生活感情とは縁のない「高尚な」古典として斥けられていた能作品の魅力を、単に能の専門家としてでなく、また能に甘い現代のアマチュアとしてでもなく、この文章はくまなく表現している。彼の人間の感情を見る眼はアマチュア以前の裸形のそれであり、能の表現方法を観る眼は、能の専門家を超えた表現の達人のそれである。この文章は古めかしい古典上の恋愛（嫉妬）のことを語って、いささかも時間的断絶がない。能『道成寺』は、ここでは古めかしくもなく、また新奇でもない。少し大げさな言い方をすれば、能はひょっとして、こういうふうには誰にも読まれず、観られなかったのかもしれない。それはともあれ、そもそも三島にとっての劇とは、決して現代の一般的生活感情を描くことではなく、「つねに死と隣あわせの情熱であり、輪廻転生する青春であり、はたまた恋のライバルを嫉妬の情念でとり殺す鬼の劇であったりする、非日常的世界のそれ[5]」だった。ここではまずそのことを確認しておきたい。彼にとっては新劇のリアリズムは「些末主義」に過ぎず、時空を超える程の普遍的な感情や行動[6]が劇的効果によって巨大な熱狂に到達し、平凡な人間が神として崇められ求められるような超越性を排除した点で、もう劇でも芸術でもなかったのだ。

『近代能楽集』の創作動機について、三島は「卒塔婆小町覚書[7]」の中で「イエーツの、能の影響をうけた詩劇を好んで読んだことや、郡虎彦氏の〝鉄輪〟〝道成寺〟〝清姫〟に感心したことや幼時から能が好きなことや、さまざまな動機に促されて、かういふものを試

みる気になつた」と述べた後で、

私の近代能楽集は、韻律をもたない日本語による一種の詩劇の試みで、退屈な気分劇に堕してはならないが、全体に、時間と空間を超越した詩のダイメンションを舞台に実現しようと思つたのである。

と「詩劇の試み」という明確な意図を打ち出している。郡虎彦の「道成寺」や「清姫」は能の怨念劇を一層不気味な鬼女と僧侶の対決相剋劇に翻案したもので全篇デカダンの空気に満ちている。三島がこういう趣向に大いに魅力を感じたのは言うまでもないが、しかし彼の翻案の方法は全く違っていた。その方法と意図とは「詩劇の試み」であり、時間的空間的条件に制約されない方法で自身の「詩」を形像するという、明確な方法意識と意図に基づいてなされた試みだったのである。

私は妙な性質で、本職の小説を書くときよりも、戯曲、殊に近代能楽集を書くときのはうが、はるかに大胆率直に告白ができる。それは多分、この系列の一幕物が、現在の私にとつて、詩作の代用をしてゐるからであらう。私は二十代に入ると同時に詩作をやめてしまつた。自分が贋物の詩人であることに気がついたからである。しかし戯曲のありがたいことは、戯曲のみが fausse poésie（ニセモノの詩―引用者）を許容するやうに思はれることである。(8)

三島と詩との関わりについては、I「三島由紀夫の詩」で詳しく検討したので、ここでは詳述は避けたいが、『近代能楽集』を書き継ぐことは、三島にとっては「詩作の代用」であること（時期的には十代が詩の時代、二十代以後がそれにとって代わる小説と戯曲の時代――だが、詩そのものの消滅ではない）、詩とは彼独自の「告白」であったこと、自身の詩を「ニセモノの詩」と断定していることを確認した上で、三島が詩について次のように言っていることも確認しておきたい。

私はやつと詩の実体がわかつて来たやうな気がしてゐた。少年時代にあれほど私をうきうきさせ、そのあとではあれほど私を苦しめてきた詩は、実はニセモノの詩で、抒情の悪酔だつたこともわかつて来た。私はかくて、認識こそ詩の実体だと考へるにいたつた。(9)

『近代能楽集』八篇中、ことに『卒塔婆小町』と『道成寺』は、三島の「詩」(認識)の主題を鮮明にした作品であり、ここではこの問題を核にしつつ、翻案の方法を分析検討して、作品世界を明らかにしてみたいと思う。

二

まず近代能『道成寺』の原曲について検討しておこう。能柄は準夢幻能四番目物のうち、『葵上』『黒塚』(『安達原』)などと同じ鬼女物である。『謡曲大観』(10)(第三巻)によれば、「この伝説はもと僧鎮源が長久元年撰んだ日本法華験記から出て、爾来、今昔物語、元亨釈書、道成寺絵詞等に伝へられてゐるもの」だが、「いづれに拠つたか明らかにし難い」と説かれている。

久しく途絶えていた紀州道成寺の鐘が再興され折しも鐘供養の日、女人禁制にもかかわらず一人の白拍子が舞を舞うからと能力を説いて供養の場へ入り、舞を舞ううちにも鐘に近づき、今にも鐘を撞こうとしたが「思へばこの鐘うらめしや(11)」と、龍頭に手を掛け飛ぶが如く鐘の中に消えてしまった。白拍子が鐘楼へ向かって石段を昇って行くところで、『道成寺』だけの「乱拍子」が奏される。他曲にはない小鼓の烈しい掛け声と打音、長い長い間、シテはその小鼓に合わせて、足先を上げ下げしたり踵を動かせて足拍子を踏む。小鼓方とシテの極度に研ぎ澄まされた気合いと気合いのぶつかり合いによって奏せられる、能芸術の白眉である。そしてさらに激しい「急ノ舞」へと一気に続いて、シテの鐘入りとなる。

道成寺住僧（ワキ）によれば、昔、まなごの荘司という荘園主宅に奥州から熊野へ年詣でする山伏が宿泊していた。荘司が戯れに「あの客僧こそ。汝がつまよ夫よ」と教えたのを、娘は真と信じて何年か経った。ある夜、待ち切れなくなった娘が山伏に「急ぎ迎へ給へ」と迫ると驚いた山伏は夜陰に紛れて逃げ出し、ついにこの寺まで逃げて来、寺では男を撞鐘を下しそのうちに隠したのであったが、娘は遁してなるものかと追いかけ、水嵩の増した日高川を渡ることができず、あちらこちらと走り廻るうちに一念が毒蛇となり、川を泳ぎ、ついには鐘を見つけて七廻りまといついて口から焰を吐き尾で鐘を叩くと鐘は湯となって山伏はとり殺された。白拍子にはあの娘の執心がまだ残っているのだろうという ことだ。寺僧達が必死に祈ると鐘は再び引き上げられ、蛇体が現れ、鐘に向かって吹いた猛火にわが身を焼かれ、日高川に飛んで入った。

能以後にも、歌舞伎『京鹿子娘道成寺』、文楽『日高川入相花王《ざくら》』をはじめ、舞踊、民族芸能、映画等、「道成寺もの」はわが国で最も親しまれ愛された芸能の華とも言えようが、蛇体と変わり果てても尚劣えぬ女のすさまじい情念を、裂帛の掛け声と小鼓の打音と間の静寂に籠められた極度の緊張によって現そうとする「乱拍子」は能表現の頂点でもあろう。

『道成寺』の原作は観世小次郎作とされる『鐘巻』[12]だが、改変・省略された中でも、主なものは、道成寺縁起のクセであり、聖武天皇の母になった宮子姫の物語である。紀州・九海士の里（『鐘巻』では小松原）の海人が海中から拾い上げた黄金の観世音菩薩を恭しく礼拝するうちに、祈願成就、髪の生えなかった乙女子に豊かな髪が生え、髪が縁で藤原不比等の養女になり、文武天皇のお側近く侍ることになった。雲居に在ても父母と観世音像のことに心を痛める姫のために天皇は紀道成に道成寺建立を命じた、云々。この道成寺縁起(13)にある道成寺開創由来の宮子姫髪長譚を改変簡略化したのがクセであり、宮子姫を宮中に迎える勅使が橘道成となっている。このように元来二人の女性の物語を素材としていたものを、宮子姫伝説を省き、蛇体に化した女が男を追うという素材のみを生かしたのは、女の執心の恐ろしさに集中するためであることは言うまでもない。「そのスペクタクルな見せ場の数々や、劇的な物語性のきわめて簡潔直截な展開術、女の恐るべき執念という骨太な直線を強筆で一気に一本描き貫くかのように現出させる舞台のダイナミックな進行力の端的さなどなどのゆえに、芸術の幽玄の領土の豊饒さや奥深さには不足の境地が残る(14)」とはいえ、「そこがまた、この能の真のいのちの輝く所であり、嫋々たる情念の複雑怪奇なあやを描き出す曲ではない所に、かかって『道成寺』の能の蠱惑《こわく》はひしめいて、濃密に棲《す》みついている(15)」と評される所以である。

『鐘巻』の改変簡略化によって『道成寺』が「「女一般」の象徴としての「恨み」の一途

さが、追求されるようになった」[16]ことはまちがいない。この能の激しく果てしない恋情と怨嗟はあたかも後世この能を愛した人々すべての憧憬の原形をあらかじめ象ったようにさえみえる。それはそうなのだが、しかしここで少し『道成寺』の女（シテ）の恋のいきさつについて考えておきたい。ことのおこりは「荘司娘を寵愛のあまりに。あの客僧こそ。汝がつまよ夫よなんどと戯れしを。幼心に真と思ひ年月を送る」と短く記されている通り、父荘司の幼い娘に投げ掛けた戯言に過ぎなかった。親しく言葉を交わしたり逢瀬を重ねた訳でもなく、幼い心にいきなり天啓のように響いた言葉が恋の始まりだった。久しく慣れ親しむよりも、否むしろ、それが現実性を欠いた言葉に過ぎなかったことが娘の恋をここまで本物の恋にしてしまったのではなかったか。相手の人間の現実を知らぬまま、自らの心の現実もしらぬままに、「あの客僧こそ。汝がつまよ夫よ」という言葉の絶大な力は、この時瞬時に恋を成就させたはずだ。「戯れしを」という観念と現実の恋を見分けることなどは不可能だった。がしかし、観念の恋だからこそ娘にとってはその恋は自らの閉じられた王国となって、娘の現実を呑み込んでしまったのである。幼児ではなくても人にとって、恋が観念的でなかったことなどあるだろうか。観念だから人はその不壊の内なる力にふりまわされて我を失くすのではなかったか。恋の世界では現実などは出る幕がない。言葉と言葉の持つ喚起力（観念）のみが恋の創造に与るのだ。でなければ「世界中でいちばん云々」とか「死ぬまで云々」などという言葉が乱用される訳がない。その上、この娘の場合、幼さゆえ、言葉（観念）はより直截に内的世界の王国として君臨する。徹頭徹尾現実に目覚めることなく、観念につき動かされるのは、この娘が言葉（観念）に忠実であっただけのこと、と言ってしまえばことは簡単だが、蛇体になってまでもその恋にしがみついて、新しく鋳造された鐘に激しい恨みをぶつけないではいられないのは、女が詩的な王国（観念の恋）をいささかも失ってはいない証左であって、人として、世の中や自己の現実に目覚めることなく、幼年の詩的王国をそのまま持ち続けるという生の姿は、確かに凄まじい妄執であり、邪淫でもあるが、しかし、それは昔から、人々の憧憬し愛した純粋な生とも言えるのではないか。『道成寺』の人気の理由はそこにもありそうだ。現実界に於て恋の相手の何一つをも獲得した訳ではないが、それゆえにまた観念の王国は一つの瑕瑾さえ無いまま、少女の全存在を吸収して現実化した、と言えはしないだろうか。そうなったが最後、少女は現実に何一つ目覚めぬまま、初めから失われていた「現実」の恋に恋しつづけるより他はなかった。

三島が『近代能楽集』の翻案に際して意図したのは、自身の現代的主題を展開しようとしたことは疑いようがない。しかし、その現代的主題は、例えば芥川の『今昔』や『宇治拾遺』の場合のように、古典的ストーリーや人物を借りて、そこに近代人の心理を投入するという方法とは全く違っていて、その前にまず何より、古典作品そのものの、本格的な解釈と解読があった。しかしその精確さは他に比類を見ない程であり、『近代能楽集』はその鑑賞力を拠り所にしていて、能は単に素材を渉猟する対象ではなかった。

三島　それは象徴詩の原理ですね。アソシエーション・オブ・アイディアが次から次に伝はつて、心理が表裏していくから、心理が一つのところにとどまらないで、言葉によつて心理がジャンプするんですね。お能の動きはさういふふうに全部できてゐるので、人間といふのはさういふふうに動くものかもしれないですね。近代心理主義はさういふものを取つちやつて、われわれは言葉には影響されないと思つてゐるんですね。言葉は心の現れだと思つてゐるけれども、言葉が心を引きずつていくといふこと、あるんですからね。[17]

能の「つづれ錦」と言われた装飾的文体をこういう解説で甦生させようとした読み手は他にいただろうか。三島の「近代能」の企てとは、何よりもまず、古典としての形式的制約ゆえに専門家や一部愛好家だけの専有物になりかけていた能を、その比類のない鑑賞眼により再生させることであり、能には彼の要求を満たすだけの「こころ」[18]と「ことば」(形式)が備わっていたのだ。

> 中世の能楽にあらはれた理想の女性像は、鎌倉以前の過去の世の、半ば幻と化した永遠の美女の姿である。
> その美は、生身の俳優の顔では、決して表現することができぬ。
> 仮面のみが、人々のあこがれと夢を最大限に充たし、人々の想像力を好むがままにそそり立てるのだ。
> また、それは、つねに恋し、つねに悩み、つねに嘆く、美しい高貴な女性の姿である。

（略）

もし能舞台の約束や形式を離れて、この幻の美しい永遠の女性像を、この写真のやうに、現代の景色の中へあてはめてみるとき、その美しさにあなたは慓然とするだらう。

そしてあなた方自身もまた、いかに多くの、いつはりの美に取り囲まれて生きてゐるかを知るだらう。[19]　（傍点―引用者）

一枚の写真解説のためのこの文章は、そのまま『道成寺』の女性のことを語っているようにさえ思われる。単純で真率で、それゆえ激しくどこまでも恋の化身として生きて死に、また甦る、永遠の女性を現代に再生することは、しかし容易な業ではない。なぜなら、現代とは「いつはりの美」に満ち満ちて、恋愛は疲弊し、貧血症状に陥った社会なのだから。芸術家とは何だろう。巷間言うように、実現する望みもない彼の夢や憧れをおとなしく表現しているだけでいいのか。それは幾分かは正しい。しかし、そもそも何故に彼が夢や憧れにこだわるのかと言えば、彼が誰よりも厳格で鋭敏なる現実の認識家だからである。もし『道成寺』の女が現代に生きていたなら、三島は「近代能」を書くことはなかっただろう。芸術の追い求める美とは、そのようにして生まれるのだ。このことは後に詳述するが、ここでは、『道成寺』の恋が言葉（観念）によって生じ、だからこそはじめからその恋は現実世界の限界を軽々と脱していて、不壊のものだったこと、即ち『道成寺』は人と言葉（観念）の問題が主題になっていて、三島がその主題を読みあてて、「近代能」の主題に捉えたことを確認しておきたい。

三

古道具屋の一室に「その巨きさと来たら、世界もその中へ呑み込まれてしまひさう」な衣裳簞笥が置かれている。扉には梵鐘の浮彫。男女五人の客を前にして店主がこの簞笥の競りの口上をきいている。こういう舞台設定や店主と客達のやりとりを読んでいくと、すぐにこの作品が原曲の深刻さに比べて「喜劇的」で「パロディ化した」書き方に傾斜していることが分かる。しかし、それは作品の本質には直接関係がない。現代社会の一隅を描いて作品の場とするためには当然のことだろう。主題の深刻さと複雑さはむしろそれによって浮き彫りになるのではないか。それより、店の主人や客のセリフの中に、彼らの俗物性に見合わぬ言葉を方々に差し挟んでいるのは能の手法に倣ったものである。「私共の提供いたす品は、すべて実用などといふ賤しい目的を軽んじて」「世間一般の人間は規格品で満足してをります」「皆様は、高貴なお心、世俗になじまぬお心から、家畜などには目もくれず、敢て猛獣をお買ひになるのであります」こういう主人の言葉など、むしろ作品の主題を外縁部からじわじわと形をなしていくものだ。

さて、五人の客の競り合いが激しくなった時、一人の若くて美しい女性が登場して、簞笥は三千円の価値しかないと言う。清子は踊子でこの簞笥の来歴を客に話して聞かせる。簞笥は桜山家から出たもので、桜山婦人は若い恋人をこの中に隠していた。安という清子のかつての恋人である。嫉妬深い主人はある時中の物音に気づきピストルで「射つて、射つて、ものすごい叫び声が静まるまで、簞笥の扉の下の隙間から、静かになみなみと血が流れて来るまで射」った、という。客は次々に帰るが、一人の男がお礼に食事に誘うと清子は「怖ろしい鬼女のやうな顔に変つてゐても」かまわないかと念をおす。残された店主にむかって清子は「私のその、可愛らしいきれいな顔」について話をする。安は「愛されることのはうが好きな性質《たち》」で「やさしい安楽な、公明正大な愛よりも、不安だの秘密だの恐怖だの」の方が好きだった。十歳も年上の桜山夫人の愛と清子の愛は、比較してみれば当然桜山夫人の方が安の求めた愛にふさわしい。「みんながお似合ひだと」褒めてくれて、互いに過不足なくバランスのとれた「公明正大な愛」、互いの若さ、互いの美しさ、互いの均等な愛、周囲の賞賛、全てが揃った愛、こういう愛に欠けていたのは勿論「不足」であり、「不足」から生まれる一層激しい愛であり、それゆえの受け手として感じる「愛されている」という一層の実感と喜びである。桜山夫人は『葵上』の六条康子と相似形の、愛の世界に於ての「不足」ゆえの弱者であり、それゆえに愛する力は相手よりはるかに優るのだ。光は康子の激越な愛を捨てて「公明正大な」葵との愛を選んだ。日常世界に納まるのはこういう愛の方である。安はこの光とは丁度逆の動きをしている。「嫉妬深いおそろしい」主人、年長ゆえの恥ずかしさや引け目、ライバルの若くて美しい踊子、あらゆる「不足」が「不足」を埋めるための情熱になり、愛はますます激しくなる。安は婦人の愛の圧力によって押しひしがれそれを喜んだ。堂々と、若く美しい者同志で青空も夜空も「私たちのもの」と感じて歩いていたところから「窓のないふしぎな部屋、風のざわめきも木々のそよぎもない、生きながらのお墓のやうな、柩のやうな」部屋に移り住んだ。愛の絶大な圧力は彼の生きる場所を一気に圧縮し、死へと追いやらざるをえなかった。しかし、この「快楽と死の部屋」は彼が「好きこのんで暮した」場所であり、その一直線に死に近づくことこそが夫人の愛そのものを表現することであり、彼は愛以外に殺されたのではない。「あの人の死にざまは、あの人の望んだものだつたんだわ」と言う清子にはこの愛の経緯《ゆくたて》は正確に把握されている。だが清子には解らないことがあった。

清子　…でも、どうしてでせう。何からあの人は逃げたかつたんでせう。何から逃げようとして死の中へ……。

主人　さあ、私にきかれてもそりやあ。

清子　あの人はこの私から逃げたかつたのにちがひないわ。（二人沈黙）……ねえ、どうしてでせう。この私から、こんな可愛らしいきれいな顔から。……あの人は自分の美しさだけで、美しさといふものに飽いてゐたのかもしれないわね。

桜山夫人に欠けていて、清子に備わっていた「たつた二つの」若さと美しさの宝から安は逃げたと清子は言う。「(二人が)末永く愛し合ふために」足りなかった歯車こそ、醜く変わった顔だと言うことに思い到った清子は箪笥の中で硫酸を浴びて醜く怖ろしい顔に変貌すること、「顔だけの自殺」を企ててここにやって来たのだった。その清子の想念を店の主人は「自然を認めまいとしてゐる」のだと言っている。

清子 …私の敵《てき》、あの人と私の恋の仇《かたき》は、桜山夫人ではなかつたのよ。それは、……さうだわ、自然といふもの、この私の美しい顔、私たちをうけ入れてゐた森のざわめき、姿のいい松、雨のあとの潤んだ青空、……さうだわ、あるがままのものがみんな私たちの恋の敵だつたのね。それであの人は私を置いて、衣裳箪笥の中へ逃げたんだわ。あのニスで塗り込めた世界、窓のない世界、電燈のあかりしかささない世界へ。

清子の「たつた二つの私の宝」、若さと美しさは自然の所産である以上、人為に関わりなく、必ず老いて醜く変貌する。「造化」のなせる所為は人の意識の関与せざる所で一刻の休止なく着々と進行している。この際、清子が直面したのはこういう意識と自然の問題であり、「あんな怖ろしい悲しみも、嫉妬も、怒りも、悩みも、苦しみも」、これら全ては内面世界の醜く怖ろしい鬼女の顔ではあっても、外貌には何の変化も与えない、という憤りとそれに対する挑戦なのだった。安は心の人だったのだ。若さと美しさに老いと醜さを見透かし、満ち足りた外貌ゆえの愛の圧力の不足と喜びの無さを感知したがゆえに、それを足蹴にかけた。こういう美に関する問題は、九十九歳でも「美人はいつまでも美人だよ」と主張する老婆と「世界中でいちばん美しい」と老婆を讃えて息絶えた詩人(『卒塔婆小町』)、腹に刺青を彫った莫連と、その女を「月のなかの桂の君」と恋した挙句愚弄され身投げした老人(『綾の鼓』)との葛藤にもすでに見られたものである。

原曲の鐘に替わって用意された「巨大な衣裳簞笥」とは、安の意識世界の喩でもあり、清子のそれでもあり、四方鏡張りの簞笥に飛び込むことは、己れの意識に意識を映してそれを凝視することなのだ。

清子の心理がいよいよ切迫して簞笥に飛び込む決意を昂めている時、町工場の鎚音がはじまり、これを「乱拍子」の効果を出すために、小鼓に似た音や奇異な掛け声、横笛のような音などとともに代用して清子の「造化」への敵意の昂まりを意図していたのだろう。箪笥の中で「ものすごい悲鳴」がしたが、出てきたのは元のままの顔の清子だった。

清子 …地の果てまで、海の果てまで、世界の果てまで私の顔ばかり。私はこの小瓶の蓋をあけたの。…硫酸を浴びて変つた顔がこんなに地の果てまでつづいてゐたら。……突然私は幻に見ました。自分の変つた顔を、鬼女の顔、怖ろしい焼けただれた顔を。

原曲では、鐘から出た時、白拍子はその嫉妬や怒りや悲しみにふさわしい鬼女の外面と蛇体の身体を手に入れ変貌した。意識が「造化」を動かしたのだ。それは「人々のあこがれと夢」を充たす、「美しい高貴な」「永遠の美女」の恋する姿だった。その点では清子も全く同然だ。三島の意図は、まず能のこころを読みとり再生させることだったのだから当然のことだ。清子は徹頭徹尾恋する女である。

主人　まさか彼氏が生き返りもしますまい。

清子　いいえ、生き返るかもしれませんわ。

とすれば、「近代能」に三島がとり込んだ「近代」の意図とは何か。それこそ「あんな怖ろしい悲しみも、嫉妬も、怒りも、悩みも、苦しみも、それだけでは人間の顔を変へることはできないんだつて。私の顔はどうあらうと私の顔なんだつて」「わかった」ということ、「自然と和解した」こと。この際、顔の自殺と同時に、妄執（言葉あるいは観念）に占領された意識もまた一度滅び、何があっても妄執（言葉あるいは観念）につかまれることのない、不屈の精神として再生したのであり、言葉、あるいは観念も生まれ変わって、現実を認識し、領略する武器となったのだ。内的世界でいかに激しく怖ろしい嫉妬を抱こうと、どれ程美しい夢を描こうとも、それは内なる世界にとどまって、外的世界をその通りに変貌させることはない、というごく当たり前の認識に、人は当たり前のように到達する、とは限らない。否、すべての人間が幾許かは意識に見合うような外界の観念を抱きながら生きているのが実状ではないのか。己れの内界（詩）と外界への冷厳な認識作用に際して必要不可欠なものとはこういう内界と外界との峻別であり、激しい嫉妬や美しい夢との訣別の上で、精巧な認識装置と変貌することなのだ。三島の言う「詩劇」とはこの「歌（詩）のわかれ」をめぐるドラマだったのであり、「近代」とはそういう意味だったのだ。こういう作者自身の「詩」的ドラマを能のこころに重ねていくという方法、あるいは嫉妬妄執の情念をそのまま継承し、徹底させることによって己れを認識家へと転生させることが『近代能楽集』に通底する方法であった。藤枝典子は

（原曲では）一見なんの変りもなくもとの姿で出現させる反転がみられるのであるが、実は、やはり顔は精神とともに自殺していたという再反転の劇ということにでもなろうか。だから、戯曲『道成寺』は原曲の主題を逆手にとったパロディーのようでありながら、やはりこれも《嫉妬の妄執》という原曲の主題と主題を同じうするものであるといえる。[20]

とし、佐藤深雪は

清子は認識の肉体をもって現実と対抗する。（略）自然との和解を主題としたのは、三島由紀夫の小説家の自覚だと私は思う。[21]

こう指摘しているが、両者は矛盾しない。『道成寺』の「詩劇」とは作者自身が「ニセモノの詩人」から内面世界の「詩」と訣別することによって、認識者（小説家）へと変貌することであり、彼自身が「絶対不敗」[22]の鬼女に変身するドラマだった。時期的にも、『近代能楽集』を書き継いだ昭和二十五年頃から三十五年頃までは、彼の小説家としての方法を確認し、創り上げていく時であったし、そのドラマを重ね合わすことのできる心のドラマを能の中に発見したのだ。この主題はやはり同時期に『詩を書く少年』（昭和二十九年）『海と夕焼』（昭和三十年）「私の遍歴時代」（昭和三十八年）でもとりあげられているが、これについては、Ⅰ「三島由紀夫の詩」で詳しく検討したのでそちらを参照されたい。

清子　……今は春なのね。はじめて気がついたわ。永いこと私には季節がなかつた。…

> 桜は今が花ざかりね。花のほかには松。つよい緑が、あの煙つたやうな花のあひだで、決して夢を見たりしないはつきりした枝々の形のままに。……小鳥が啼いてゐるわ。……どんな厚い壁も透かして、しみ入る日光のやうなあの囀り。春はかうしてゐても、容赦なく押しよせてくるんだわね。こんなにおびただしい桜、こんなにおびただしい囀り、どんな枝々も支へるだけのものを支へてゐて、その重たさにうつとりと目を細めてゐるわ。凪ね。この凪の中にもあの人の生きてゐた体の匂ひがするわ。私忘れてゐた、春だつたんだわ！
>
> （傍点—引用者）

これが「認識の鬼女」によるはじめての外界の認識である。清子（鬼女）は向後、認識という歯車を武器にして、現実を宰領していくことだろう、『道成寺』の作者のように。恋という王国に認識を支配されることはもうない。ここでは認識それ自体が王国であり、恋（詩、あるいは言葉）は認識に変貌して生きているのだ。何ものにも敗れざる鬼女に変貌したからこそ、清子は客の紳士の誘いに乗ろうと決心し、外なる世界の認識による領略へとおもむくのである。こう言い残して。

清子　でももう何が起らうと、決して私の顔を変へることはできません。

〔注〕

（1）『近代能楽集』（新潮社、一九五六年四月）
（2）三好行雄との対談「三島文学の背景」（「国文学」一九七〇年五月）
（3）前掲（注2）に同じ。
（4）「道成寺」私見（初出　桜間道雄の会プログラム、一九六八年一一月）
（5）本書「『葵上』論」
（6）吉田精一に「能楽の様式的わくは、ある恒久性をもつ心理なり感情なりの実験を、外的な条件に左右されないで可能にする背景」（「三島由紀夫と中世能楽」（『三島由紀夫・その運命と芸術』有信堂、一九七一年三月））という指摘がある。
（7）初出「毎日マンスリー」一九五二年一一月
（8）「同人雑記」（初出「声」一九六〇年七月）
（9）「私の遍歴時代」（初刊、講談社、一九六四年四月）
（10）佐成謙太郎、明治書院、一九八二年六月
（11）謡曲本文からの引用は『鐘巻』以外は『謡曲大観』により、旧字は新字に改めた。

（12）『鐘巻』の内容及び本文は『日本古典文学大系　謡曲集　下』に拠った。

（13）『道成寺絵とき本』道成寺護持会（道成寺縁起下巻の部分）尚、道成寺にまつわる物語は「宮子姫髪長譚」「安珍清姫鐘巻縁起」「鐘供養物（娘道成寺）」の三つある。

（14）赤江瀑「あやかしの能の領土」（「別冊太陽」一九九二年秋号）

（15）前掲（注14）に同じ。

（16）堂本正樹「「鐘巻」と「道成寺」—龍と蛇・被《かず》きの女ふたり—」（同右「別冊太陽」）

（17）鼎談「世阿弥の築いた世界」（初出『日本の思想8』月報、筑摩書房、一九七〇年七月）

（18）「新潮文庫」の解説にドナルド・キーンの「三島氏の能は翻案というよりも、能のココロにインスパイアされた新作である」という指摘あり。

（19）「能—その心に学ぶ」（初出「マイホーム」一九六三年四月）

（20）「三島由紀夫戯曲『道成寺』論」（「相山国文学」一九八〇年二月）

（21）「『近代能楽集』から「道成寺」について」（「解釈と鑑賞」一九七四年三月）

（22）田中美代子は『卒塔婆小町』について「この現代の地獄を認識した精神は、決して絶望することなく、否むしろ一層の絶望に徹することによって、さらに強靱《きょうじん》な、絶対不敗の夢を紡ぐことができるのでなければならぬ、そのような不退転の決意をもって現実にのぞまなければならぬ、と作者は主張しているかのようである」（『鑑賞日本現代文学23　三島由紀夫』一九八〇年一一月）と述べている。同じ「認識者」と解釈すれば、『道成寺』の清子にもあてはまる解釈かと思われる。

7 『熊野』論
――「花」は権勢に抱《いだ》かれる――

一

『熊野』は昭和三十四年四月号の「声」に発表され、『日本現代文学全集100』(講談社、昭和三十六年十月)、『三島由紀夫戯曲全集』(新潮社、昭和三十七年三月)に収録の後、昭和三十四年三月発行の『新潮文庫　近代能楽集』に収められた、第七作目の「近代能」である。初演は、昭和四十二年、アートシアター新宿文化で『葵上』と併演、演出は堂本正樹だった。(1)平成十三年三月までの上演回数は十六回だから、(2)決して多くはない。

謡曲『熊野』は、元来「熊野・松風は米の飯」と諺にも言われるように、広く人々に好まれたポピュラーな人気曲であったが、病ゆえ、この春限りの命になりそうな老母を気遣って憂いに沈む美女の風情が、背景となっている爛漫たる花の盛りと平宗盛の政治的権力のせいでより一層興趣を添える点が世の人々に好まれたものと思われるが、こういう原曲の面白さが、そのまま「近代能」として再生され、時代に迎えられることは想像し難い。三島も作者として当然そのことは考慮した筈で、「近代能」は原曲と比較すると、その主題は現代的な三島独自の問題に移行しているようだ。

『邯鄲』『綾の鼓』『卒塔婆小町』『葵上』『班女』の五作は、いずれも主人公（及び相手役）たちは皆、彼らの情念や思想や行動を極限までつきつめ、最後には人間的限界を超えた「何者か」になり、その時点で彼らの「世界」は、いわば「閉じられ」、日常的現実世界に非日常的世界が屹立するようになったり、あるいはそれまでの日常的世界が非日常的世界に転位してしまうような作品構造を備えていて、日常的世界と非日常的世界が融和することはなかった。しかし、『道成寺』『熊野』『弱法師』の三作は、作品の終局に於て、主人公たちの情念や思想や行動は、極北に達して「閉じられ」るのではなく、現実的日常世界の前に「開かれ」て、解消され、あるいはそこに吸収されてしまう。

ドナルド・キーンが、新潮文庫の解説で『熊野』を評して「近代能と言っても、近代狂言に近い。もともと熊野が東へ帰りたいのは、病気の母親を見舞うためではなくて、恋人に会いたがるからだという解釈があって、ある流派でそれを生かすそうだが、ぴんぴんしている小肥りした母親が登場すると、喜劇になる他はない(3)」と述べているのは、この「近代能」の、日常的世界に解消され、「開かれ」た作品構造のことを指摘していると思われるのである。

堂本正樹はこのドナルド・キーンの評言が「安易に引用され、定まった評価のようになっている」ことに警鐘を鳴らしていて、それは喜劇と正劇（悲劇、もしくは真面目な問題劇）を区別する意識に、喜劇に対する軽視（軽蔑）が潜んでいるためだ(4)、としているが、筆者はこれとは別の意味で、『熊野』を敢えて喜劇的な構造を備えた作品と捉えて、この作品の分析、検討を試みたいと思う。先に述べたように、『邯鄲』から『班女』までの五作は、主人公や彼らの協力者たちは、いずれも人並はずれた破格の情念や信念、行動力の持ち主で、何かの契機に彼らの内心が、現実の時空をつき破って屹立し、巨大な水晶の柱のように、結晶するさまを見せる。彼らの「閉じられ」た永遠的あるいは無時間的空間と日常的世界とは決して融け合わない。彼らのこころ、彼らの世界と現実世界との間には無限の距離がある。彼らの構築した世界とは、言わば人間ならぬ「神」および「神」に近いものの住む世界であり、その意味で『近代能楽集』は「神話的世界」の構築を企画していたのだと言ってよい。現代の日常的感覚から彼らを見るなら、理解不能、「狂気の沙汰」とでも言う他なかろう。とまれ、『近代能楽集』は新劇でありながら、むしろギリシアの正劇、悲劇に通じる構造を持った作品である。ところが、『道成寺』以下の三作は、主人公たちの超現実的とも言える情念や思想に関しては、先行の五作品と等しいが、劇《ドラマ》が生起して彼らの内心が結晶すべきところで、劇《ドラマ》は起こらず、逆に日常的現実世界が勝を制し、彼ら主人公たちの情念や思想は、言わば日常性に解消されてしまう。彼らは「神」になり損ね、敗北感を味わいつつ、それでも日常世界のどこかで、何者かとして生きていかざるをえないだろう。『道成寺』『熊野』『弱法師』はそのような問題を主たる問題とした作品ではなかろうか。すなわち、喜劇が悲劇より劣っているのではなく、『近代能楽集』の先行五作品と後の三作との違いは、人が「神」になる作品と「神」が人にならざるを得なかった作品の違いであり、神話的世界の構築に力を注ぐか神話的世界の崩壊、換言するなら、日常世界そのものの意味を問い、また彼ら「神」たちが日常にいかにコミットするかを問うか、の違いに他ならない。

先の五作が作者自身も言うように、謡曲の「忠実な飜案」[5]であるのに対して、後の三作は「能離れ」している。その違いは、人が「神」になるためには、どうしてもその時空間を日常世界に対して「閉じる」必要があるのだが、「神」になり損ねた人が日常世界のどこかに位置を定めるには、彼らのこころは日常世界と関わりを持ち、日常世界に向かって「開かれ」ていなければならない。彼らはごく正常な市民達から、どこかよく分からないところのある奇異な人と見られ、そうすることによって、限りなく日常的世界にとり込まれてゆく……。ギリシア悲劇以後の演劇は否応なく喜劇あるいは喜劇的要素をどこかに備えているもので、それは価値の違いではなく、近代に於て人間を表現しようとすればおのずから喜劇的にならざるをえない、という性質のものだ。少なくとも現代人は人間に「神」を見ようとはしない。人間を見るだけである。

近代能『熊野』の主題については、堂本正樹の言葉にまず注目しておきたい。

三島由紀夫の『熊野』は、喜多流の演技伝承（という程もない一種の芸談だが）にヒントを得て、筋の皮肉な逆転と、その種明しにもめげず、更に強固になる虚構の花、つまりイマジネーションの世界の勝利を唱い上げている。その点三島が能の『熊野』に感じたであろう物足りなさを、近代的な解釈で捕捉した作で『近代能楽集』というにふさわしい(6)。

ここに言う「更に強固になる虚構の花」「イマジネーションの世界の勝利」は原曲にはなかったもので、つまり主題が原曲とは全く違っているという点で、これは謡曲の「忠実な飜案(7)」ではなく、三島の独自の、現代的主題を扱った作品であり、能よりはむしろ新劇、劇でありながら小説的（現代的かつ人間的）問題を盛った作品と言えるように思われる。

小説とは人々が「神」を失い、近代市民社会の成立に伴って発生したジャンルであり、そこに描かれる人物たちは、当然ながら、皆相対性を帯びており、人々からの批判的視線を免れ得ず、その意味で喜劇的要素を備えているものだ。

竹下香織は

三島は徹底した現実主義をとりながら、それが観念化することなく、悲劇から喜劇へという変化する体裁を採りながらも、現実の雑多な要素を飲み込みそれと共に推移する「生」というものを、この作品の中に定着せしめている。(8)

と述べて、原曲の悲劇から「近代能」は喜劇へと様変わりしており、その要因は「現実の雑多な要素」の現出にあるとし、結末の「不可思議な愛情関係」は熊野が「可憐な悲劇のヒロイン」から「狡猾な娼婦性を帯びた卑俗な愛人となり(略)宗盛と同位置に降ろされ」たからこそ続き、「充足的な世界を形成」するに到ったと説いている。(9)悲劇的な可憐さよりも現実的な「生」に傾いていることに注目した読み方だが、先述した堂本正樹は、宗盛が熊野の「魅力を深めることになった」としながらも、熊野は「嘘を完璧に生きた人間」で「演技への情熱と陶酔によって、既に別人格に飛翔して(10)」いると述べて、熊野の「虚構」「イマジネーション」の側に主題を求めている。

二

原曲『熊野』の典拠になったのは『平家物語』巻第十「海道下り」[11]（重衡東下り）で、頼朝の求めによって東国へ赴く途中、平重衡一行が遠江の国池田の宿に泊まったところ、熊野の娘侍従（百二十句本では熊野自身）が重衡のいたわしさを嘆いた歌を奉った。返歌を詠んでその歌の主を尋ねたところ、宗盛が駿河守（百二十句本では遠江の国守）だった時、侍従を都に召して寵愛し、老母が気がかりで帰国したがるのに帰そうとしなかったが「いかにせん宮この春もおしけれどなれし吾妻の花やちるらん」と詠んだ歌によってようやく帰国を許された、と聞く。この直前に、『伊勢物語』九段の業平が東に下る途中、三河国八橋で「唐衣着つつなれにし」と詠んだことが語られており、『熊野』はそういう王朝のイメージと重ね合わせて親しまれたものと思われる。「海道下り」が『平家物語』中でも広く愛誦される道行文であったのはそういうことも関係していたのかもしれない。原曲の『熊野』では、大体『平家物語』のエピソードを柱として展開する。

平宗盛は遠江の国池田の宿の長・熊野を都に連れ帰り寵愛している。老母が病気ゆえ帰郷を願っているが、宗盛はこの春の花見に是非同行させたいので許さない。親元から何度も使いを出したが一向に帰ってこないので、この度は朝顔を迎えに出した。母がひどく悪いと聞いた熊野は母の手紙を宗盛に読んで聞かせる。ここが「文の段」に当たり、「甘泉殿の春の夜の夢。心を砕く端となり。驪山宮の秋の夜の月終りなきにしもあらず。末世一代教主の如来も。生死の掟をば遁れ給はず(12)」と、漢の武帝と李夫人、唐の玄宗と楊貴妃さえやがては死別し、釈迦如来と言えども生死の掟は免れなかったと訴えて、娘の帰郷を願う。が、宗盛は「老母の痛《いた》はりはさる事なれどもさりながら。この春ばかりの花見の友。いかでか見捨て給ふべき」と許さず、強引に熊野を伴って清水観音めざして車を進めていくと、音羽山（清水山）に山桜が爛漫と咲き誇っているのが臨まれる。なおも車は南下し、四条五条の橋を過ぎる。六波羅蜜寺を拝し、愛宕《おたぎ》念仏寺を経て鳥部山を見るにつけても母の死を連想して熊野の気持は沈むばかり。やがて清水に着くと宗盛はすぐに酒宴をはり、熊野は観音に母の快癒を祈る。酒席に出た熊野は心を励まして酌を取るが物思いを察するものはない。中ノ舞の後、「いかにせん。都の春も惜しけれど馴れし東の花や散るらん」

と熊野が短冊に認めた歌を宗盛が見るに及んで、熊野の心痛を察し、ようやく帰国の許しが出る。能柄は三番目物で一段劇能である。里井陸郎はこの曲の人気曲たる所以は「主題の分り易さ、舞台の華やいだあわれさ、主人公の微妙な感情の起伏や心理の陰影をたくみに写し出すことばの綾の美しさなど、自然と人間の織りなす感覚や情緒のうっとりするような世界があ(13)」り、「あたかも春日の遅々たる光彩が、うつし出す自然や風光のかがやきとかげりそのもののように目に耳にそして心にしみこんでくるような能の幽玄な醍醐味を満喫させてくれる(14)」ことにあるとしている。『伊勢物語』『平家物語』を踏まえ、都の名刹名所を点在させ、豪奢な花ざかりの春景色を背景として、母思いの遊女がその病状にひとかたならず心を痛ませるが、宗盛は鈍感で横暴、熊野の帰国を許さず、今日一日の花見の方が大切だと主張する。現世的な権勢の人と次第に帰郷の望みを失いかけつつ、胸底に憂愁を秘める美しい遊女との対照と、さすがの宗盛も「いかにせん」の歌を見て、帰国を許す劇的な結末部が一曲の眼目であろう。宗盛と熊野の対照は現世的快楽と仏法的世界観との対比でもある。

清水寺の鐘の声。祇園精舎をあらはし。諸行無常の声やらん。地主権現の花の色。娑羅双樹の理なり。生者必滅の世の慣ひ。げにためしある粧ひ。仏も元は捨てし世の。半ばは雲に上見えぬ。鷲のお山の名を残す。

権勢を誇る家門の人より、かえって田舎の遊女の方が親を思う優しさを備え、現世的利得を超えた仏法的超俗的視点を保持しているという対照。

三島は近代能『熊野』に先だって、昭和三十年五月に一幕二場の歌舞伎舞踊『熊野』(「三田文学」)を書いている。中村歌右衛門の要請に応えたもので、歌右衛門の熊野のイメージをモチーフにしている。

セリフも「候」はよして、現代語とも、浄瑠璃詞ともつかぬものにした。能の三段の構成も、道行を思ひ切つて割愛して、文《ふみ》の段を中心にした宗盛館から、すぐ清水寺へとぶことにした。その上の巻はほとんど能のままだが、闊達な現世主義者としての宗盛を強調し、熊野を無理に花見へ引張つてゆくところで、彼の思想(と云つては大袈裟だが）をはつきりさせた。（略）下の巻の清水寺は、大分私のアイデアを入れ、清水の高僧を上手へ出し、上手の灰色の世界で来世の悟りを、下手の桜色の世界で現世の快楽を象徴させ、ふるさとの母が、今や病篤く、その魂が現世と未来の間をさまよつてゐるのにつれて、母を思ふ熊野の心も、現世の快楽と来世の悟りとの間を、とつおいつ、さまよふやうに考案した。（略）

そして能の一種のハッピイ・エンディングとちがつて、熊野の入《はひ》りと共に、音楽は一切止み、寂莫《じやくまく》とひびく鐘の音《ね》のうちに、熊野の不幸が語られる幕切れも、何とか成功させたいと考へてゐる。(15)

この思い切った改変による翻案化の要点は大体三点に絞られる。まず、宗盛を「思ひきり闊達な、享楽好きの、豪放な、男性的な男に仕立て、その代り細かい女心なんか何もわからず、ただわがままな強い男の愛で引きずつてゆくやうな人物(16)」にしたこと。熊野を「仕様ことなしについてゆくのではなく、彼の豪放な魅力に惹かれてゆくやうに(17)」し、「花見によつて象徴される現世の享楽のはかなさと、仏道の永遠性(18)」に「同じやうに強く惹かれながら、つひには仏教的な救ひに赴かざるをえぬ宿命の女に拵へた[19]」こと。以上、二人の人物像を各々際だった性格にしたことと、それによって、曲全体の主題が、熊野の運命を通して、「現世の享楽」から仏道的な永遠性へと傾かざるをえないという、その明確な救済への軌道に移ったことであろう。作者は元々『熊野』が分かりにくい性質を持っていて、「歌舞伎舞踊」への翻案はそこから出発したのだと自解している。

謡曲をよく読めば読むほど、何だかわかりにくくなる要素がこの物語りにはある。作者の奇略は、憂ひを帯びた美女が、心ならずも花やかな花見に出で立つ姿を見せて、観客の興味を惹き舞台のコントラストを狙つたのにちがひないが、なぜ母の重篤な病ひを悲しむ熊野を、宗盛はあれほどむりやりに花見へ連れて行くのか。単なる闊達さなのか美女をいぢめて、その憂ひの美しさをたのしむ趣味がこの男にはあるのか。彼の愛情の性質はどういふものなのか[20]。

この場合、原曲には、とりわけ宗盛の人物像及びその心理に於て、それを現代的な作品として再生させるには「疑問」あるいは「物足りなさ」を抱かざるをえなかった、そのために、かえって思い切った作者なりの解釈と言うよりはむしろ改変による、自身の表現が主軸になりえた、という事情があり、従って、主題も、熊野が現世的享楽よりも仏道の永遠性に救済を求める他ないという、結末部に於て示されるような、熊野の運命に収束させる方向に向かった。原曲では作品の一要素でしかなかった仏法的悟りが主題に据えられたのである。

三

歌舞伎舞踊『熊野』の主題は仏道の永遠性による救済、ユヤの運命に焦点があてられているのだが、しかしこの作は歌舞伎作品であり、現代の劇ではない。謡曲『熊野』を「近代能」に翻案するに際しては、また違った主題が選ばれねばならなかった。以下、このことを中心に詳しく検討してみよう。

「悲しみに面蒼ざめし二十二、三歳の美女」ユヤは、豪勢なアパートの一室に囲われた、五十歳程の大実業家・宗盛の愛人である。客席から正面の大きな窓のむこうには、小さな公園が望まれる。宗盛所有の大遊園地の一目千本の花見は、今日の日曜が最後、今年中には半分は伐採されることになっている。部屋は片づいてユヤはトランクを用意し、旅行服で旅立つ様子であるが、宗盛は上着を脱いで葉巻を吹かしている。

宗盛の人物像は、原曲よりさらに鮮明に、その現実社会に於ての自分の権勢、富と権力を誇り、闊達、豪放で、この点では歌舞伎の『熊野』のそれを踏襲していると言ってよい。

さて、今日のうちに、どうしても自分の桜の花ざかりをユヤに見せたい宗盛と、北海道にいる老いた母が病篤く、何とかして今日帰郷し母を見舞いたいユヤの願いがぶつかって平行線のまま。原曲の朝顔に代わって同じアパートに住み、ユヤと同じような境涯にいるらしい朝子が母の手紙を届けに来る。「今年の花に逢ふすべもなく、雪に凍えて死にかけてゐる老いの鶯の望みを叶へておくれ」などと手紙は訴えていて、ユヤはその間中、憂愁に沈潜し、時に宗盛にひかえめながら帰郷の許しを乞い、時にさめざめと涙を流す。宗盛は「今年の花は今年きり」「今日のたのしみも二度と来ない。一生のうちに、今日といふ日は一度しかない」と「今日一日」にこだわり、人生の楽しみについて説いてユヤを納得させようとする。

宗盛 （略）君が楽しみといふものを等閑《なほざり》にするのが残念なのだ。楽しみといふものは死とおんなじで、世界の果てからわれわれを呼んでゐる。その輝やく声、そのよく透《とほ》る声に呼ばれたら最後、人はすぐさま席を立つて、出かけて行かなくちやならんのだ。

ユヤ 楽しみがあなたの義務なのね。

宗盛 義務ぢやない。死が義務ぢやないやうに、義務ぢやない。しかしこいつを等閑《なほざり》にしたら報いが来るのだ。

ユヤ どんな報いが？

宗盛 後悔という報いが。あの真黒な陰気な顔をした化物が。俺はしんからあいつがきらひだ。後悔しないためならば、どれだけ金を払つたつて惜しくはない。

眼前の楽しみを享楽することに於て一切後悔したくないという人生訓を持つ点、歌舞伎の宗盛を延長したものと見てよさそうである。「大実業家・五十歳位」の設定があり、「あの桜の半分は伐採して、今年中に動物園を拡張したり、水族館を新設したり」するのは「もう桜だけでお客を吊る時代ぢやない」という、事業家なりの時代の好尚を予見したゆえであり、「平日の花見なんかできるのは失業者だけ（で）（略）今年の花は今日かぎり」なので、是非ともユヤに「俺の桜の花ざかりを見せたい」と切望しているにも拘わらず、尚ぐずるユヤに「いらいらしながら」、「俺のふだんのオフィスでの生活、一秒といふ瞬間が何百万円にもなり、時には何千万円にもなる。そういう生活に同情がなさすぎる」と不満を訴えてもいる。

　母親の病気見舞いに北海道に帰りたがるユヤを「無理強ひにかへらせまいとする」のは、「一日でも永く、君を手許に置いときた」いためで、それを「俺には俺の理由がある」と言う。宗盛の人生に於ては、実業家としての成功、その結果生じる栄誉と富と権勢が主要な目的であって、今、更にエロティシズムの充足のために選ばれたのがユヤなのだ。しかし、ユヤの頑な態度に手こずって、「このごろぢやあ俺は、世間の目もかまはず、自分の家庭をさへ顧みなくなつている」。だからもう「今日一日の花見を附き合へばそれでいい」と妥協している。

宗盛がここまでユヤにこだわるのはどうしてか。彼ほどの財力と権勢があればユヤの代わりの女性はいくらでも手に入るだろう。宗盛にとっては、自身の実業家としての成功を誇る気持とエロティシズムの満足を求める気持は別のものではなく、おそらく同一の欲求なのだろう。つまり、彼の長い準備や努力の結果ようやく手にした事業の成功、莫大な財産、国中に知れわたった名声等々の現世的価値のすべてだけで彼は満ち足りるのではない。一秒が何百万、何千万にも相当する大実業の、最後の喜びに画龍点睛を加えるのは、たった一人の手強い「囲われ女」との花見である。その瞬間にこそ、彼は女性の愛を獲得し、立身出世の満足を人間的満足として楽しむことができるだろう。原曲とも歌舞伎とも違うのはこの点で、宗盛像には現代的環境に於ける人生の、かつてのそれとは異なる条件が、与えられ、だからこそ、ユヤに見せるのは他の桜ではなく、「俺の桜」でなければならない。この場合の桜は花ではなく、宗盛の人生的成功の証し、人間的力のしるしに他ならない。

　宗盛は何度も「人生の楽しみ」という言葉をくり返し、熊野に訴えるが、ユヤの悲しみは深まるばかり。

ユヤ　（略）でも母の病気の心配で胸はいつぱい、悲しみに倒れさうなこの体で、むりに引立てられてお花見にでも行けば、どんな美しい桜も五見《ごみ》のやうに見え、倖せさうな人の姿とすぐ我身と引き比べ、明るい空も夜のやう、あげくの果てはきつとあなたを憎むだらうと思ひますの。……

宗盛　（ユヤの顎をとつて）その悲しさうな顔を今度は、勇気を出して楽しみのはうへ向けるんだ、ユヤ。君の顔は月のやうなもので、楽しみの光りを受ければ照り、悲しみの影を受ければ翳る。自分の感情にがんじがらめになるのはよして、思ひ切つて楽しみへ身を投げるんだ。いいか。さうすれば若い君は、おふくろの病気なんか忘れてしまへる。

宗盛が戦いを挑んでいるのはユヤの悲しみと人間的恩愛の情であり、彼の拠って立つ場所は社会的成功とその権勢、及びそれら現世的成功をそっくり人間的魅力として肯定されるはずの、彼なりのエロティシズムなのだ。宗盛は「又愛なんぞといふものをそこへ持ち出す。俺は楽しみのことを言つてゐるのだ」と言うが、彼の求めているのは、相手の感情や事情を斟酌はしないが、自分の権勢を認めて、それに膝を折ること、すなわち「献身」であり、相手方にのみ、結果としての「愛」を要求すること、彼の現世的享楽好みの人物像とはそういうことだ。

原曲の「文の段」に相当する場面ではツレ・朝顔に代わり、朝子という、同じアパートに住むユヤと境涯を同じくする女性が、老母の手紙を持って登場し、ユヤに同情しつつ宗盛に批判の言葉を浴びせる。

宗盛　どうしてそんなに自分の感情を大切にするんだ。ユヤ。（略）世間の人たちの好きなのは不調和なのだ。相容れないものが一つになり、反対のものがお互ひを照らす。それがつまり美といふものだ。陽気な女の花見より、悲しんでゐる女の花見のはうが美しい。さうじやないか。ユヤ。君は全く美しい。美しいから二つのものを、本来相容れない二つのものを、一つにしてしまふ力を持つてゐるんだ。

ここで宗盛は堂々と美の哲学を開陳しながら、図らずもその俗悪さを露呈したのかもしれない。彼は「世間の人たち」が認める美を信奉していることをあからさまに語って気付かない。しかし性愛とは常に社会的環境によって具現化するもので、社会から切り離されてしまってはエロティシズムは具体化されることはない。ユヤの愛を社会的現実、事実として実現させたいのも、事業家としての成功を人生の最重要課題とした彼にとっては当然だろう。冒頭でも「悲しい心とさかりの花と、お花見のたのしみとこの悲しみ」を「俺が一緒にするのだ」と断言していた。

こうしているうちにも秘書の山田がユヤの母・マサを伴ってやってくる。マサは「五十恰好の小肥りした元気さうな」女。山田の調査によって、マサが病気でないことばかりか、ユヤには自衛隊に勤める薫という若い恋人がいて、母の病気を口実にその恋人に会いに行こうとしていたこと、彼は「自分の女は東京で金持の妾になつて、結婚費用を稼いでゐる」と言いふらしていること、ユヤの生母はユヤが十五歳のときに亡くなっており、マサは継母であることなどが、次々と明かされる。しかし既に冒頭で電話に応対した宗盛はこの事実を知っていたのだろうから、これまでの推移は、宗盛にとっては芝居だったことになる。何もかも知っていてユヤを追いこんだのは、しかし悪趣味とも言い切れない。仮りに両者がそれぞれの真実だけで衝突した場合、宗盛が、ユヤの姿を見て心がくじけてどこかの段階でユヤの帰郷を許すかもしれないし、ユヤの方が宗盛の主張に従うこともあろう。宗盛が芝居を演ずる方が、ユヤの悲しみはより洗練された姿で最後の種明かしまでよく持続する。宗盛の「俺はすばらしい花見をしたよ。……俺は実にいい花見をした」という言葉の意味も、芝居（虚構）に守られて、あるいは包まれてこそ、ユヤの悲しみ、美しさは発揮された、ということを語っていて、虚構、嘘こそが美を育てる苗床だという隠された主題を読みとることもできそうである。

ユヤはどうだろう。マサが言うように「何事も穏便に、又東京へかへつて来たら、お世話になりつづけるつもりだつた」のだから、薫に対して真面目な気持を持っているとは言い難い。そして何より大切なことは宗盛が今日花見につき合いさえすれば明日は帰してやろうと言っているのに肯んじないことで、ユヤにとっても、「今日一日」は譲れない、唯一のこだわりだった。強力な後ろ楯も係累も持たず、田舎出の、若さと美しさだけを頼りに生きる、大事業家の囲われ者は富と権勢に戦いを挑んだのではなかろうか。虚構、嘘は手段であり目的ではない。富も権勢もある大実業家が、彼の成功の象徴のような「今日一日」の花見を、若さと美しさしか持たない女のために断念することは、とりもなおさずユヤの若さと美しさが富と権力に打ち勝つことである。今日花見につき合って明日帰れば、どちらの顔も立つのにユヤが「今日一日」にこだわるのは、嘘で何かの目的を果たすことではなく、若さと美しさだけを頼りに、富と権勢に打ち勝つことであり、宗盛はユヤの嘘を知っているからこそ、「今日一日」を譲らず、ユヤに嘘を重ねさせて、悲しみに包まれたユヤという「花」をますます美しく咲き誇らせようとするのだ。ユヤは、いわば伐採される桜の精霊として、現代的権勢と富に立ちむかい、嘘を手段とする。

『綾の鼓』の華子は、鼓の音が聴こえないという嘘で岩吉を鼓舞し、己れへの愛憎をかきたてる。岩吉はその嘘を信じ、そのため華子への愛憎につかまえられ、濃密な輪廻転生の世界を生きることになるが、ユヤの「美」を守るための嘘は、隅々まで調べ上げられ、白日にさらされ、無残にも正体を暴かれる。が、嘘がばれた後部屋を出て行こうとするユヤに向かって、宗盛が、

宗盛　君は行くには及ばないよ。

と言うに及んで、ユヤの秘めた「美」のための嘘は、現代の成功者にすっかり受け入れられる。『花』の蜜はたっぷりと味わわれ、その上「美」が転落するところまで演出して、自身の力の投影たる「花」を今後も賞でることだろう。一方、今日では、もう「美」は真心から咲き出る「花」ではなく、現世的な力に抗する抵抗体として、嘘（虚構）を方法としながら、その力と呉越同舟する他なかったのである。

〔注〕

（1）『三島由紀夫事典』勉誠出版、二〇〇〇年一一月
（2）前掲（注1）に同じ。
（3）『新潮文庫　近代能楽集』一九六八年三月
（4）堂本正樹『劇人三島由紀夫』劇書房、一九九四年四月
（5）「作者の言葉―邯鄲覚書」（初出『新潮文庫　日本現代戯曲集　5』一九五一年四月）
（6）堂本正樹『三島由紀夫の演劇』劇書房、一九七七年七月

（7）前掲（注5）に同じ。
（8）竹下香織「戯曲『熊野』論―三島由紀夫と能楽―」（「山形女子短大紀要」一九九三年三月）
（9）前掲（注8）に同じ。
（10）前掲（注4）に同じ。
（11）『日本古典文学大系　平家物語　下』（岩波書店、一九六〇年一一月）など「覚一本系では「海《かい》道下《だうくだり》」であり、「百二十句本」（『新潮日本古典集成　平家物語　下』では「重衡東下り」である。ここでの本文の引用は大系本によった。
（12）謡曲『熊野』の本文引用は佐成謙太郎『謡曲大観　第五巻』（明治書院、一九三一年四月）による。
（13）里井陸郎『謡曲百選　その詩とドラマ〔下〕』（笠間書院、一九八二年四月）
（14）前掲（注13）に同じ。
（15）「「熊野」について」（初出　莟会プログラム、一九五五年二月）
（16）「「熊野」について」（初出　歌舞伎座プログラム、一九六五年六月）
（17）前掲（注16）に同じ。
（18）前掲（注16）に同じ。
（19）前掲（注16）に同じ。
（20）前掲（注16）に同じ。

8 『弱法師』論
——閉ざされた詩の終焉……——

一

近代能『弱法師』は昭和三十五年七月号の雑誌「声」に発表され、後、四十三年三月発行の『新潮文庫　近代能楽集』に収められた。昭和二十五年発表の『邯鄲』を嚆矢として、「近代能」を書き継いだ三島は、『綾の鼓』（昭和二十六年一月）『卒塔婆小町』（昭和二十七年一月）『葵上』（昭和二十九年一月）『班女』（昭和三十年一月）五篇収録の（前）『近代能楽集』を、昭和三十一年四月新潮社より刊行したが、この「あとがき」にこう記している。

私の「近代能楽集」は（略）、能楽の自由な空間と時間の処理や、露わな形而上学的主題などを、そのまま現代に生かすために、シテュエーションのほうを現代化したのである。そのためには、謡曲のうちから、「綾の鼓」「邯鄲」などの主題の明確なもの、観阿弥のポレミックな面白味を持った「卒塔婆小町」のようなもの、情念の純粋度の高い「葵上」「班女」のようなものが、選ばれねばならなかった。脇能だの、舞踊を主にしたものだの、現在物だのは、飜案もむずかしく、又、わざわざ飜案を企てる意味がなかった。こうしてここ数年、暇があれば私は、謡曲全集を渉猟するのが癖になったが、この五篇がわずかに現代化に適するもので、五篇で以て種子は尽きたと考えざるをえなくなった。ようやくこれらを一本に纏める時期が来たのである。(1)

今、改めてこれを読むと、「近代能」への翻案は、例えば、芥川の古典翻案などとは全く異なる意図で行われたことを再確認せざるをえない。自らの現代的主題を生かすために、人物や事件やストーリーを借用するのではなく、むしろ能の中心的主題を「そのまま現代に生かすために」付随的な事柄の方を現代化した、つまり、能の現代化、能の現代的再生を意図したのである。自分の主題のために、能作品から、素材のみを借用するのなら、

「謡曲全集を渉猟」する必要はない。『近代能楽集』は、その意味で、日本の古典文学で三島が最も評価し、しかも現代にも生かしうる主題をその中に認めたがゆえの、文化的伝統の、現代的再生である、と同時に、その継承であった、と言いうる。決して能の完成された様式や「幽玄」等の中世的情緒、雰囲気を生かそうとしたのではない。そういう類のものは、特定の時代の意識・感情の基礎があって初めて成立し、味わえるものだから。

しかし、この後、三島はさらに、『道成寺』(昭和三十二年一月)『熊野』(昭和三十四年四月)『弱法師』(昭和三十五年七月)『源氏供養』(昭和三十七年三月)の四作品を書き、「近代能」は九作になったが、『源氏供養』は「廃曲というか、自分で捨ててしまった」「題材として、それをアダプトすることが、まちがいだった[2]」として、八作品を収録して、『新潮文庫 近代能楽集』を刊行した。

『源氏供養』は稿を改めて詳しく検討する予定なので、ここでは触れないが、(前)『近代能楽集』の五作品とその後に書いた三作品は明らかに性質の違うところがある。まずそのことを述べておこう。

八作品はいずれも日本の戦後社会を舞台にしていて、大体作品執筆の時期とほぼ同時代が背景になっていることは共通しているが、初めの五作は、いわば構造的に、「閉じられた形式」になっているのに対して、後の三作品は「開かれた形式」になっていて、その点で、明らかな対照性を示している。

『邯鄲』は日常性のいかなる誘惑をも些事として、決して酔わぬことが即ち「生きること」だと、次郎が夢の中の現実で身をもって証明し、菊が次郎を丸ごと受け入れ、肯定することによって、庭の花が一度に咲き揃う。庭の花は次郎の「覚醒」が仏道的悟りに他ならぬことを象徴的に現しているのだが、この庭は次郎と菊二人だけの閉じられた時空間であって、この庭と世間一般の時空間は決定的に切断されている。『綾の鼓』の岩吉は自身の華子への強度の愛と憎しみにつかまれたまま、輪廻転生のうちに愛憎の苦患をくり返し愬え続け、華子は亡霊の甦りをいつまでも待つだろう。『卒塔婆小町』の詩人もまた輪廻転生しつつ、九十九歳の小町を美しいと称え続ける。小町の方は『邯鄲』の次郎のような何物にも酔わない境地に居て、「ちゆうちゆうたこかいな」と呪文のように百年時を刻みつづけて、詩人と再会すれば「御無沙汰ばかり」と冷ややかに久闊を叙すにちがいない。

『葵上』の六条康子の生霊は、光に恋人が出来る度に甦り、その恋人をとり殺さずにはいまい。『班女』の花子は満たされぬ思いで恋人を待ちつづけているうちに待つことが生甲斐になり、実子は己れの欠落した愛の姿を己れに代わって生きる花子との共生に喜びを見出した。

これらの五作の「近代能」を改めて見てみると、彼らは皆、強力な磁界のようなそれぞれの世界を持っており、彼らの世界は外なる一般の日常世界とは完全に別の世界に属し、交渉を持つことのない、「閉ざされた世界」なのである。

もちろん、作者は意識的に戦後の日常的世界を背景にしており、劇《ドラマ》は確かにそこに起こる。『綾の鼓』の洋裁店に集う人々や『葵上』の看護婦など、はじめは彼らも劇の重要な登場人物として劇に参加してはいるのだが、劇の進行に伴い、主人公やその相手たちが彼らの情念、愛憎、認識、行動を極点にまで沸騰させ、その結果、彼らが彼らの世界を閉じてしまうと、同一空間にありながら、日常的世界と主人公たちの非日常的世界とは、決して相交わることはなく、非日常的世界は日常的世界を切り裂いて垂直に屹立し(4)、そこではこの上なく濃密な永遠的時間が、その世界を支配することになる。

これらの作品は、戦後の、あらゆる価値が地に落ちてしまった世界に、尚まだ残されていた人間と人生の可能性を探索しようとする作者の、懸命の試みだったと思われる。しかしながら、後の三作、ことに『弱法師』では、主人公の、戦火による失明の瞬間のまま、時間が止まってしまって、彼の内なる濃密な永遠的時間は、劇の終局に到るや、家庭裁判所調停委員・桜間級子の、日常世界からの一言によってたちまち崩壊し、いわば非日常世界は日常世界に吸収され、その後には、明るく、しかし平板な日常的世界が、全き「開かれた世界」の性質を主張しながら、しぶとい永続性を誇らし気に示すことになる。即ち、後の三作品は前五作とは違い、前五作の主人公や彼らののっぴきならぬ相手達が、協力し合い、あるいは憎みあって、彼らの情念、愛憎、認識、行動が極点に達し、同時に時間を止めてしまう仕儀になるのとは、むしろ逆さまで、彼らは極点に到達した情念、愛憎、認識、行動から始めて、最後には日常的な「開け」の時空間に解消されてしまう。両者の構造的な差異とはこういうことを言うのである。前五作は、作者が「邯鄲」は同名の謡曲の現代化と謂つてよいものである。解釈は一見顚倒してゐるが、それは生活感情が顚倒してゐるせゐで、謡曲の作者も現代に生れてゐれば、かういう主題の展開法をとつたであらう」(5)「お能には（華子の、あたくしにも聞こえたのに、もう一つ打ちさへすれば）くらいのことは、ちゃんと書いてあると思う」(6) と言っているように、むしろ能のこころを生かすために、現代への再生を図ったのだった。勿論、能のこころと作者（三島）の心とはほぼ重なる程のものだったからである。ところが後の三作は主人公たちが日常世界と交わり、その結果、彼らの情念や行動が日常世界に解消された結果、日常世界の方がむしろ「表」になって復活し、彼ら主人公たちは、日常から見られ、日常の価値体系でその情念や愛憎が測られて、何か異質の、風変わりな、あるいは理解不能の人と白眼視され、しかし日常世界の住人となって、そこにとり込まれる。この点に前五作との構造的な違いがあり、それは作者の、別の創作意図、原曲は生かしながらも、そこに作者の現代的問題を持ち込んだ結果だと思われるのである。

それは例えば、集の第一作たる『邯鄲』が次郎を丸ごと受け入れる菊やがいて初めて次郎の認識（人生）が現代に於ても仏法的悟達が悟達としての意味を持っていることが庭の花の開花で象徴的に示されているのと比較すれば、『弱法師』の俊徳がずっとその瞬間に生き続けた戦火の「地獄」は、級子の、「あなたはもう死んでゐたんです」という一言により、消失して、「僕、腹が空《す》いちやつた」と日常生活に足を踏み入れることになるが、しかし、それは、俊徳にとっては「何もない」日常世界にひき戻されることであって、両者は明確な対照性を示している。女性の無償の包み込む愛から始まった「近代能」の世界が、日常性を象徴する法律家の、現実的でごく日常茶飯の言葉で、全き「開け」、日常的世界で幕が閉じられるのは「近代能」の初めと終わりの対照性というだけでなく、「近代能」全体の構成の意味とそれ以後の作者の辿る運命をも象徴しているのではないだろうか。

以上のような視点から『弱法師』の分析、検討を試みるつもりである。

二

原曲の『弱法師』は四番目物（盲目物の準物狂い物）で現在能、元雅作とされる。河内の国高安の里の左衛門の尉通俊は人（継母らしい）の讒言により盲目のわが子俊徳丸を追放してしまう。春の彼岸の中日、摂津国天王寺は彼岸会で賑わっている。人々は寺の西門で難波の海に沈む落日を拝し、極楽浄土を願う「日想観」を拝もうと集うのである。俊徳丸を不憫に思った通俊はこの彼岸に「大施行」を施して功徳を積もうとしている。折りしも、弱法師と呼ばれる乞食少年が群集の中に現れ、天王寺の縁起を語り、仏法の真髄に触れ、足どりもおぼつかぬまま舞を舞う。

詠めしは月影の　詠めしは月影の。今は入り日や落ちかかるらん。日想観なれば曇りも波の。淡路絵島。須磨明石。紀の海までも。見えたり見えたり。満目青山は。心にあり　おう。見るぞとよ見るぞとよ(7)

この様を父通俊が見て父と子は再会を果たし、めでたく高安の里に帰って行った。仏教的救済によるハッピーエンドは能の常套手段なのだが、『弱法師』は盲目の乞食少年が仏法的悟りに達するということが中心的問題になっている。「人の讒言によつて父から追放せられたものに〔雲雀山〕があり、盲目となつて苦しむものに〔蟬丸〕があり、僧となつて雑芸を演じてゐるわが子に再会するものに〔花月〕がある。本曲をそれらに比べると、家庭悲劇としては〔雲雀山〕ほど深刻でなく、盲人としては〔蟬丸〕ほど哀痛でなく、雑芸としては〔花月〕ほど軽快でない。(略)運命の不幸児ではあるが、その間から悟りを開き得た、悟つたとはいつても静寂に沈んでしまふのではなくて、風雅にうち興ずる、寂しくてやさしい性格なのである。かうした性格の感得に、本曲の特異な興趣が求められる」(8)という評があり、主題については「家を追われて盲目の乞食となった少年を描くのだが、暗く悲惨には描かず、逆境を超越して澄みきった諦観の中に住む美少年としてとらえている」(9)と言われるように、確かに俊徳丸は親を恨むでもなく、世を呪うでもなく、終始恬淡たる態度を保ち、「あらうたてのお言葉や、所は難波津の梅ならば、ただこの花とこそ仰せあるべけれ」(梅などと無風流なことをおっしゃる。難波津でならただこの花とだけ仰しゃればいいのに)などと風流に心を遊ばせる余裕さえある。「仏法最初の天王寺」の仏は、「悲田院の事実が示すように、不治の業病に悩む乞食にとっても、まさに現世利益の救い主であったから(略)この曲は、まさに天王寺にたむろし、そこに生活の根城をおいた乞食の芸能者、金色燦爛たる仏の光と西方極楽の浄土を夢みる人々に奉仕した、その曲舞の名残をとどめる作品で(略)天王寺という特別な宗教的環境は、とりわけ忌み穢れたとされる者たち、通常の定住社会から疎外され追放された制外者《にんがい》、漂泊と流浪の乞丐芸人たちの、遺棄され隔離される場所であるとともに、極楽に至る聖域の観念によって、避難の場所、解放の場所、蘇生の場所でもあるという二重の意味をもって、この曲に深いかかわりを持つ[10]」のであり、この曲は天王寺という仏法的救済の強力な磁場、引力と、「後の説話では、継母の呪詛によって癩病となり天王寺に棄てられることになる[11]」盲目の乞食少年のとり合わせによってひきおこされた仏教的悟りが主題となっている。盲目については、堂本正樹によれば「生き永らえるという事と、盲目という事は、神秘的な関係にあり、文芸の発生この方、この関係は現代に到るまで、執念深く継続してい、（略）それは盲人の特異な交神能力を信じた古代人の心意伝承であ[12]」ったということで、その意味でも俊徳丸は盲目の負の条件がかえって神秘的交神能力につながり、悟りに至るという、特権を得ることになっている。こう見てくると、『弱法師』原曲の典拠及び背景になっているものは、「天王寺縁起」と、天王寺悲田院に集まった業病者、乞食の他にも盲目、曲舞（芸能）、讒言により追放された子、彼岸会、日想観などの仏教行事、物狂い、あるいは天王寺西門の「釈迦如来、転法輪処、当極楽土、東門中心」という聖徳太子自筆とされる額のことなど、切りがない程ある。しかし、この曲の思想的基底とも言うべきものは、「末法思想」ではなかっただろうか。

それ仏日西天の雲に隠れ、慈尊の出世まだ遥か、三会の暁いまだなり。

天王寺の彼岸に集う人々は、末世に生きている意識が強ければこそどうにかして救われることを願ったのではないか。何もかも揃っている人生だと思えば仏によって救われようなどとは思うまい。俊徳丸の数々の不幸は、現象的には人として恵まれているべきものを次々に失ったという意味では不幸には違いないが、心理に於ては、恬淡としてものにこだわらない心、時には「風流」に遊ぶことを喜ぶ心は「欲心」の無いことにつながっており、それが仏法の「無心」に通じるがゆえに悟りを得たのであって、その意味で彼は「末世」の英雄《ヒーロー》となりえたのではなかろうか。

あら面白やわれ盲目とならざりし前《さき》は。弱法師が常に見馴れし境界なれば。

「あら面白や」と決して身構えた悟りではなく、一時の「狂気」に乗じて、盲目になる

前に見た風景が心象に甦り、

げにも真の弱法師とて。人は笑ひ給ふぞや。思へば恥かしやな今は狂ひ候はじ今より
は更に狂はじ

とすぐにまた平静をとり戻し恥ずかしがる、「風流」「風狂」の心と悟りが区別しがたい心性の持ち主が主人公なのである。

さて、「近代能」の俊徳の盲目について堂本正樹はこう説いている。

盲人は「視覚の死」を生きているのだ。死とは生の到達点であり、極致なのだから、盲人は死にながら生を逆習するという、特権的状況にあるのだ。その召命性、つまり神に使命を託された人間、選ばれた人間の残酷な輝きが、盲青年俊徳の信じられぬ傲慢の、基盤なのである。彼は、「世のをはり」の声を聞いた。つまり、神の声を。(13)

「近代能」『弱法師』は昭和三十五年の作で、作品中の時代設定とほぼ重なっている。俊徳は五歳の時、つまり昭和二十年に戦火のために失明し、親の高安夫妻と生き別れになり、十五年経って、今、実の両親に会おうとしている。昭和十五年生まれで、現在は二十歳ということになる。物乞いをしていた俊徳を、親方に金を払って引き取った川島氏が言うには、俊徳には「私どもにどうにも理解できない妙なところ、固い殻のやうなもの」があり、「感動といふもの」がなく、どうにも彼をもて余しているらしく[14]、殺してしまおうと思い詰めたこともあるという。

晩夏の午後、家庭裁判所の一室で、川島夫妻、高安夫妻、俊徳が一堂に会して、俊徳の親権を決定しようという場面である。桜間級子という「四十歳をこえた美貌」の調停委員が同席している。「晩夏の午後」という設定は言うまでもなく、昭和二十年八月十五日のそれを想定していて、現実の敗戦を戦後の日常的世界と重ねて意識的にとり込もうとしていることが窺える。五人に遅れて姿を現した俊徳は黒眼鏡にステッキの出立ち、両夫妻、級子の言葉に反応して、恐ろしい言葉を吐き出す。それはいわば、悪びれた「終末意識」であり、人々が守ろうとするこの世の意味や価値のことごとくをあざ笑い、頭ごなしに否定する思想である。

俊徳　（泣き声だけが）人間らしい声とは言へますね。この世の終りが来るときには、人は言葉を失つて、泣き叫ぶばかりなんだ。たしかに僕は一度きいたことがある。

この世の終わりに発する叫び声だけが人間らしい声だと言い切って、それ以外の人間の営みを一切認めようとせず、盲目であることを特権化して「僕には形といふものがな」く、自身を「透明体の中の光り」だと主張し、「あなた方とちがつて、僕の魂は、まつ裸でこの世を歩き廻つてゐる」と訴える。

俊徳　さう。何十光年も先の遠い星。さうでなければ、自分の光りの源がそんなに遠いところになければ、どうして僕はおちおちここに住みついてゐることができるだらう。だつてこの世はもう終つてゐるんだもの。

小説『美しい星』の家族達を思わせる、こういう自己と外なる世界についての独断的規定は、敗戦の戦火とその際の失明に源を発しているのはまちがいない。しかし、この「終末意識」は明らかに、原曲の俊徳丸のそれとは違う。俊徳丸の「終末意識」とは彼だけの思想ではなく、時代及び世の人々すべてのそれであり、俊徳の「終末意識」とは自らの思想として選択、決定されたものであり、何より重要なことは、戦後十五年を経た昭和三十五年の日本の社会は高度経済成長の軌道に乗ってまっしぐらに前進を始めた時期であり、戦後復興後のさらなる繁栄の手ごたえを感じていた頃である。俊徳の「終末意識」は、その意味で、社会の現状とは丁度逆さまの意識になっている。失明という一人の人間に起こった不幸な出来事を、数え切れぬ、人間的社会的、あるいは歴史的な条件の重なりによって起こった不幸とは考えず、むしろそういう条件の全てを無視して、彼は失明の瞬間、世界を終わらせたのだった。この場合の盲目の特権とはそういう意味にすり替えられている。

三

俊徳の盲目とは、「視覚の死」を自身の個体に限定せず世界の滅亡に拡大、あるいは敷衍することによって、自身と世界の終末を招くこと、失明の瞬間に宇宙的規模で発せられた、人間の阿鼻叫喚とともに世界が破滅し、己れも同時に消滅し魂だけが残る、という意味であり、しかし実はそうならずに「視覚の死」のみで自身は生きており、世界（戦後日本）は目覚しい復興を果たしたばかりか、有数の経済大国にむかって邁進しているという、その現実を一切諾わないという意志でもあろう。

須藤宏明は「『近代能楽集』の弱法師―〈器官亡き身体〉・しんとくまるのたどりつきし姿―[15]」で、俊徳の盲目と見ることとの意味と「日想観」について、卓見を呈示している。須藤によれば「多層にわたり位置している諸現実を同時性の問題として世界把握する」とき、人は「初めて、人間や獣、鳥、虫、花などすべての存在が抱え込んでいる苦悩、悦楽の問題点が解け」、「存在のあらゆるものを繋ぎ、絡み合っているものを〈見る〉ことが可能になる」のだが、俊徳は「依然、盲である「僕」の立場に強く執着し、全面的にそれに寄り掛かっている」ゆえ「未だ〈見る〉境地には至っていない」と。俊徳の盲目なり、その抱えている地獄なりが、俊徳丸の「たんなる彼岸への憧憬ではなく、現世をも浄土として包含する即身成仏的な」悟りの、踏襲であるべきなのにも拘わらず、そうなってはいない、とすればその通りだが、しかし、「近代能」の意図はそこにはないのではないか。仏教的悟りを主題に据えた作品は『近代能楽集』では、『弱法師』ではなく、『邯鄲』であって、この集の入り口とも言うべき作品に於て、それは試みられた。もちろん、原曲では、夢の中で人生の栄耀栄華を味わい尽くした上で、現実に戻ると同時に現実世界の実体のたよりなさを悟るという過程を辿ったのであったが、「近代能」では、次郎は夢の中でも覚醒したままで、次々と訪れる人生の享楽や誘惑に肘鉄をくらわせ、決して酔おうとはしない。そういう構造的違いがあった。丁度、原曲とは裏がえしの構造を備えていて、つまり次郎は、夢を見る前から悟達していたことを証明することになる。作者自身も中世の人々の生活感情と現代人のそれが逆転しているからこうなったので、謡曲作者が現代に生きていれば、自分と同じ展開法をとるはずだ、と述べている。そうすると仏教的悟りという主題は『邯鄲』で既に試みられており、『弱法師』の主題はまた違うところにあると見るべきだろう。原曲の主題は悟り、といっても、先述したように俊徳丸の悟りとは「即身成仏[16]」的な、その何物にも拘泥しない、風流に心と身体を自在に遊ばせるという、心性ゆえの悟りであり、同時に外なる世界の極楽浄土化が達成されるという、盲目の特権化、聖化（俊徳個人のではなく、時代的意志としての）によって果たされたのだった。『邯鄲』の悟りは、『弱法師』の悟りとは違う。次郎は国手にお前だけが夢の中でも酔わなかったと批難されている通り、時代的意志として求められた身体と意識を持っているのではなく、極めて個人的な意志、むしろ例外的な意志で覚醒しつづけた。その意味では彼の悟りは誰にも了解されず、共感を分かつことのできぬ独善的境地に過ぎないのかもしれないが、菊の無条件の肯定、受け入れによって、小さな同時代を獲得した。悟りをことほぐ象徴たる庭の花は、そのため、次郎と菊の共生するこの家の庭に限定されて咲き誇るしかない。しかし、同時にこの家の、外の世界には、末世的意味が浸透してゆくことになるだろう。集中、最初の作品がこういう構造を備えていることは『近代能楽集』の性質を象徴し、またその展開を暗示している。十八歳の次郎も十年前に、おそらく戦火で家を焼かれ、菊とも別れたままだった。菊の家では夫の出奔以来庭の花が咲くことはなかったが、次郎が来て、夢を見、二人が共生することを暗示した時、庭が活き返る。次郎と菊の二人だけの「閉ざされ」た庭、ここにだけ「ほんたう」に生きる意味のある時間が流れ始める。そのためには、次郎の覚醒だけでなく、女性の無償の、丸ごとの「受け入れ」が必要だった。

近代能『弱法師』の主題が悟りではないとすれば何だろうか。盲目の意味についてはある程度検討した。俊徳は、私的に、盲目を特権化することによって、己れを亡ぼし世界を破滅させた。しかし彼のこの終末を認め、賛同する人は他に誰もいない。二組の両親からもどうにも分からないところのある、底意地の悪い青年と見られるばかりである。

オルテガ・イ・ガセットは『ドン・キホーテをめぐる思索』で「英雄」とは、唯一独自のものであろうとすることだと説いている。

しかし現実に満足しまいと決意した人たちが存在することも、また事実である。このような人たちは、事物が別のコースをとることを熱望している。つまり、習慣や伝統、簡単に言うなら、生物的な本能がおしつけてくるいろいろな所作を繰り返すのを拒否するのである。われわれはこの者たちを英雄と呼ぶ。なぜなら、英雄であることは唯一のものであること、自分自身であることだからである。もしわれわれが伝統や周囲のものがある決まりきった行為を強制することに反抗するとしたら、それは、われわれが自分たちの行為の起源を、われわれ自身に、われわれのみに求めようとするからなのだ。英雄がなにかを欲するとき、そうするのは彼の中にある先祖たちでもなく、現在の慣行でもない。彼自身が欲するのである。そして、このように自分自身であろうとすることこそ英雄なのだ。(17)

俊徳が『豊饒の海』の最後の生まれ変わりとして物語に登場する、安永透の前身であることはまちがいない。(18)透もまた、自身がこの世界に属さない「英雄」たることを意図している。四人の転生の人物の中では、唯一人、転生の物語を聞かされ、己れが転生の一人であることを証明するために、自殺し、失敗して失明する。こういう人物像は、また『午後の曳航』の少年達にも通じる。作者は、劇団NLT公演プログラム掲載の座談会で「終末観に腰をすえた少年が、いかに大人の世界に復讐するかっていう話」で、最後の台詞は

「現実的なもの全部に対する敗北」(19)だと語っている由。それにしても、三島作品にしばしば登場するこういう「狂気」の少年、半ば自己の夢の中にとじこもったまま、大人たちを軽蔑し、彼らの築き上げた世界を否定する少年たちの、拠って立つ根拠は何だろう。この場合に於てこそ、原曲との比較対照が有効だと思われる。つまり、俊徳丸には、幸運にも世の人々の全身に浸み込んだ「末世思想」があり、彼は何事が起ころうとも、静かにそれら全てを受け入れる他ない。しかし俊徳（や透たち）の時代的基盤に、己れの生の意味を激しく求め、徹底的に問い詰めようとする人間に、とことん応える実質があるか。彼らに何事も受け入れざるを得ない「末世」だと諦観させる「不幸」の蓄積があるだろうか。世の中に反抗して生き延びるにしろ、従容として死につくにしろ、「生き延びる意味」「死の意味」をそこから汲み出すだけの、豊かな水脈があるのだろうか。『弱法師』の、背景として設定された戦後世界の物質的及び精神的意味の実質を問うことがこの作品の主題であり、俊徳の人物像は、その生まれ出た己れの生命の土壌を否定せざるをえなかった少年の、己れ自身による再生を図ろうとする意志によって支えられている。彼の言葉はだから、手のつけようのない程器量の悪い醜女のような世界を根こそぎ造り直そうとする、精確無比な技量を誇る整形外科医の辛辣な宣告であり、彼はいわば失われた「設計図」に基づいて語る。彼の設計図は「青春」という透明な図版であり、「地獄」が浮かび上がることもあれば、少年が王国を征服してお姫様と結ばれ、薔薇の宝石をちりばめた王冠を被る物語が浮き出ることもあるのだ。俊徳の「日想観」はそういう意味を含んでいる。
裁判所の窓から、晩夏の夕焼が見え、俊徳は級子にこう言う。

俊徳 あなたは入日だと思つてゐるんでせう。夕映えだと思つてゐるんでせう。ちがひますよ。あれはね、この世のをはりの景色なんです。（略）
僕はたしかにこの世のをはりを見た。五つのとき、戦争の最後の年、僕の目を炎で灼いたその最後の炎までも見た。それ以来、いつも僕の目の前には、この世のをはりの焔が燃えさかつてゐるんです。何度か僕もあなたのやうに、それを静かな入日の景色だと思はうとした。でもだめなんだ。僕の見たものはたしかにこの世界が火に包まれてゐる姿なんだから。
ごらん、空から百千の火が降つて来る。家といふ家が燃え上る。ビルの窓といふ窓が焔を吹き出す。僕にははつきり見えるんだ。空は火の粉でいつぱい。低い雲は毒々しい葡萄いろに染められて、その雲がまた真赤に映えてゐる川に映るんだ。大きな鉄橋の影絵の鮮やかさ。大きな樹が火に包まれて、梢もすつかり火の粉にまぶされ、風に身をゆすぶつてゐる悲壮なすがた。（略）へんな風の唸りのやうな声、みんなでいつせいにお経を読んでゐるやうな声、あれは何だと思ふ？　何だと思ふ？　桜間さん、あれは言葉ぢやない、歌でもない。あれが人間の阿鼻叫喚といふ奴なんだ。

僕はあんななつかしい声をきいたことがない。あんな真率な声をきいたことがない。この世のをはりの時にしか、人間はあんな正直な声をきかせないのだ。（略）

どこにも次々と火が迫《せ》り上がつてゐた。火が迫り上つてゐるぢやないか。見えないの？　桜間さん、あれが見えない？（部屋の中央へ走り出す）どこもかしこも火だ。東のはうも、西のはうも、南も北も。火の壁は静かに遠くのはうにそそり立つてゐる。その中から小さな火が来る。やさしい髪をふり立てて、僕のはうへまつしぐらに飛んでくる。僕のまはりをからかふやうにぐるぐるとまはる。それから僕の目の前にとまつて、僕の目をのぞき込むやうな様子をしてゐる。もうだめだ。火が！　僕の目の中

へ飛び込んだ……。（傍点は引用者）

現代の「日想観」は「西方極楽浄土」ではなく「地獄」を見ることだった。須藤は俊徳丸が〈器官なき身体〉を獲得して「自我を分解」させたゆえ浄土が見られたが、俊徳は「自我」にこだわり続けたので極楽浄土は見られないと述べている。[20] 俊徳丸についてはその通りであるが、しかし、俊徳はもとより「極楽浄土」を見ようとしてはいない。彼が見ようとしていたのは、作品の背景たる大人の築いた戦後社会の現実の繁栄にひそむ逆説的な、意味のなさという「地獄」であり、己れの独自性だった。俊徳はその意味でかつての十五歳詩人、『午後の曳航』の「les enfantes terribles（恐るべき子供たち）」、この後の『天人五衰』の透たちと同じ人種であり、彼らは世界を「少年」（青年）のわがままな言葉で語ろうとする。しかし、現代の「英雄」はその独自性ゆえ、つねに転落の危険にさらされながら崖っぷちに立っている。

世間なみの行き方からはみ出ようとつとめない人に対しては釈明を求めないが、しかしそれを越え出ようと努める人には、有無を言わさず釈明を求めるのである。野心家に対するとき以上にわれわれの中にある俗物が憎むものは少ない。そして、英雄がはじめから野心家であるということは、これはもう明らかな事実である。俗物根性は、気負いほどわれわれを苛立たせない。だから英雄はいつも、むしろ自己を高めてくれる不幸にではなく、もう少しで物笑いの種になってしまうという危険にさらされているのだ。「崇高さと滑稽は紙ひとえ」という格言は、まぎれもなく英雄をおびやかすこの種の危険をよく表わしている。[21]　（傍点は引用者）

とオルテガが言うように、級子の「いいえ、見ないわ」という一言で、地獄の光景を失い、「あなたはもう死んでゐたんです」と断言され、現実世界に引き戻される。級子に「何かつまらない、この世のをはりや焔の海とは何の関係もない、ちつぽけな頼み事」をするように求められて空腹を訴えた後、劇は俊徳の次の言葉で幕を閉じる。

俊徳　僕つてね、……どうしてだか、誰からも愛されるんだよ。

（級子微笑して去る。明るい部屋に、俊徳一人ぽつねんと残つてゐる）

「英雄」になるために根こそぎ破壊して再建しようとした日常世界の「誰からも愛される」という、自己の反転こそ、「英雄」が日常を生きる方法なのである。

家庭裁判所の「窓」は、「十五歳詩集」[22]の少年詩人が「椿事」を待望して身を寄せる「窓」と同じ窓であり、晩夏の夕映えがこの世の終わりの劫火に変じる地獄絵さながらの光景は「濃沃度丁幾を混ぜたる、夕焼の凶《まが》ごとの色」の変奏である。とすれば、現代の弱法師俊徳とは十五歳の少年詩人の生い立った姿であり、「地獄」の光景とは彼の「詩」に他ならない。俊徳の「日想観」が「英雄」の「詩」の絶唱でなくて何であろう。と言うのも、いわば幸福な「詩の領域」に住んでいた詩人は級子という女性の一言で、瞬時に彼の「詩」を失い、「つまらない」「ちつぽけな」ことに満ち満ちた、日常という本当の「地獄」に生きねばならず、「誰からも愛される」という言葉に象徴される、「逆説」を生の形式としなければならなかったからである。その「英雄」の転落と滑稽。

そうありたいと望むことと、すでにそうであると信じることとのあいだに、悲劇的なものと喜劇的なものとのあいだの距離が存する。これこそ、崇高さと滑稽さとのあいだの距離なのだ。英雄的性格が意志から知覚へと移行することは、悲劇の退行現象や崩壊の原因、すなわち喜劇の原因となる。蜃気楼が蜃気楼そのものとして現われるのである。(23)

三島がかつて詩人だった自分を、後に「ニセモノの詩人」と厳しく規定したことはよく知られているが、『弱法師』は、この「ニセモノの詩人」の転落の劇《ドラマ》であり、詩的宇宙の消失と戦後の日常的現実への「開け」を語る劇《ドラマ》であった。その後、転落した「ニセモノの詩人」は、小説家に転身して「認識」の劇《ドラマ》を語ることになるが、しかし、その際にも彼の心底を占めていたのは、俊徳丸や俊徳同様の、次のような意識だったにちがいない。

それ前仏は既に去り。後仏は未だ世に出でず。夢の中間《ちうげん》に生まれきて、何を現と思ふべき。(24)

〔注〕

（1）『近代能楽集』あとがき（新潮社、一九五六年四月）

（2）三好行雄との対談「三島文学の背景」（『国文学』学燈社、一九七五年五月）

（3）本書「『卒塔婆小町』論」参照。

（4）岡本靖正は、作品中の「詩的時間」（アイオーン）が「劇の進行方向から「垂直」に立」つ時間だとしている。（「時間論的批評の方法」『解釈と鑑賞』至文堂、一九七六年一〇月）

（5）「覚書（「綾の鼓」「邯鄲」）」（初出　作品座プログラム、一九五六年二月）

（6）前掲（注2）に同じ。

（7）謡曲本文の引用はすべて佐成謙太郎『謡曲大観　第五巻』（明治書院、一九八二年四月）による。

（8）前掲（注7）に同じ。

（9）前掲（注7）に同じ。

（10）里井陸郎『謡曲百選　〔下〕』笠間書院、一九八二年四月

（11）前掲（注10）に同じ。

（12）『劇人三島由紀夫』劇書房、一九九四年四月

（13）前掲（注12）に同じ。

（14）堂本正樹は川島夫人の「あの子は危険です」という言葉が「大きな官能世界を暗示」していて、その後の世界終末の炎がそれを焼くという解釈を呈示している。（前掲（注12）参照）

(15)『近代能楽集』の弱法師」(『國學院大學大学院紀要』(18)一九八七年三月)
(16)前掲(注15)須藤論文に引用された岩崎武夫『続さんせう太夫考―説経浄瑠璃の世界』平凡社一九七八年。
(17)佐々木孝訳、未来社、一九八七年六月
(18)この指摘は堂本正樹、前川裕「「弱法師」における意味の再発見」(『テクストの発見』中央公論社、一九九四年一〇月)にもある。
(19)『三島由紀夫事典』勉誠出版、二〇〇〇年一一月
(20)前掲(注15)に同じ。
(21)前掲(注17)に同じ。
(22)冒頭の「凶《まが》ごと」の一連と三連の二行のみ記すことにする。
わたくしは夕な夕な　窓に立ち椿事を待つた、凶変のだう悪な砂塵が　夜の虹のやうに町並の　むかうからおしよせてくるのを。／濃沃度丁幾を混ぜたる、夕焼の凶《まが》ごとの色みればわが胸は支那繻子の扉を閉ざし
(23)前掲(注17)に同じ。
(24)謡曲『卒塔婆小町』(『謡曲大観　第三巻』)

随想「道成寺」拝見

この三月にどうしても「道成寺」が観たくなって、東京へも出て行く覚悟で探したら、大槻能楽堂で武富康之師の演能があった。

道成寺の女と八百屋お七は、わが少年時代からの最愛の女性である。そうして、何の疑いもなく女性は誰でもこういう恋をするものだと思っていた。

さて、かつて恋人を隠した鐘を妄執のあまり、溶かしてしまった女が、再建された鐘にまだ嫉妬の念を燃やし、白拍子になりを変えて道成寺へやってくる。「月は程なく入汐《いりしお》の」の道行や「花の外《ほか》には松ばかり」の次第があって、一曲の眼目とも言うべき乱拍子が続く。およそ二時間の演能中三十分程を費やす乱拍子は、シテの爪先を上げたり下げたり足拍子を踏んだり、わずかに半身に構えたりする動きと小鼓の打音と「ヤアーッ」「エイッ」「ハ」「オーッ」などの掛声と恐ろしく長い間《ま》などによって構成される、一瞬の隙とてない緊張の時間そのものである。

シテの足拍子は鐘楼への石段を一歩一歩昇り行く動きを表していて、ここには鐘への万斛《ばんこく》の思いがこめられてもいる。夫になるべき筈なのに己れから逃げ出した男、その男を隠した憎い鐘、鐘もろともに男をも溶かしてしまったわが恋情とその恋情ゆえにこの恐ろしい蛇体とひきかえにした自らの人生……。小鼓方の掛け声はまるで女を励ますようにも聞こえ、また逆に果てしない迷妄と対決する超人間的な声のようにも聞こえる。

やがて急の舞に移り「春の夕暮れ　来て見れば　入相《いりあい》の鐘に花ぞ散りける」と謡いつつ鐘に手を掛け、鐘の落下とともに女はその中に飛び込む。……鐘から出た後は調伏の祈りとの死闘が待っている。般若面を頂いたシテは、この時仕手柱に背中をおしつけ柱を一まわりし（柱巻）て、蛇体の凄味をみせるのだが、一瞬、ほとほと疲れ果てたかのような様子を見せる、その艶なる姿態。思えば道成寺の女とは「汝がつまよ夫よ」の言葉を幼な心に信じた女であり、観念の恋に殉じた女であろう。観念こそ何一つ瑕瑾とてない宝石ゆえ、爾余の現実を侵蝕してやまないのだ。演能を観ながら戦慄した女の美しさと恐ろしさ、その永遠性はここから出てくるように思われる。

祈り伏せられた蛇体は日高川に飛び込んで逃げるが、女の執念はこれで消え果てた訳ではない。また鐘が再建されれば、鐘を溶かそうとこの寺にやって来るだろう。それまで、吉野か熊野に潜んでいるのだろうか、どこかで美しい女芸人にでもなっているのか、とまれ、女は幾度も死しては甦り、輪廻転生してやまないだろう。

かくて、父の戯言から生じたいいわけない少女の初恋は、人類誕生の源初から究竟の彼方に亙る時間軸上に輪廻する、恋する女の一典型としての肉体を獲得した、と言えるだろう。われわれが舞台に見る道成寺の女とは、もう一寒村の少女ではなく恋の化身とも言うべき肉体の持ち主である。

文学（芸術）には本来目的はない。しかし、それでも敢えて目的を設けるなら、人間の救済だろうか。宗教的救済と異なるのは、迷いの姿のままの救済であること。道成寺の女の、その純一無垢、その愚かさ、その情念の激しさと恐ろしさ、その可憐と妖艶、その魂の狷介不屈、その果敢で直線的な行為の数々……これら諸々の、仏教なら業《ごう》と呼ばれる特性は、一つの肉体に凝集して恋する女の典型となり、われわれ観客の憧れとなり、愛惜と同情の的となり、そのままで救済されているように思われる。(二〇〇四・七・三一)

〔凡例〕

本書における三島由紀夫の著作の引用は、『三島由紀夫全集』（新潮社、一九七三年四月―一九五一年六月）を使用し、未収録のものは『決定版三島由紀夫全集』（新潮社、二〇〇六年一一月―二〇〇六年四月）を参照しつつ、掲載誌より引用した。ただし、旧漢字は適宜新字に改めた。

本書で引用した文章には、今日の人権擁護の見地から、不適切な語句や表現があるが、歴史性、作品価値を考慮し、そのままとした。

あとがき

本書に収めたのは、昭和二十四年の『仮面の告白』を境とした前後の作品世界、すなわち、三島が「ニセモノの詩人」から小説家へと死と再生を経て、独自の文学形式と生の形式を獲得してゆく過程に問題の焦点をあてた論考である。

中には十年程前のものもあって、とてもじゃないがこのまま載せる訳にはいかないと思うものもあったが、時間的限界もあり、加筆・修正で対応することにした。そのため、引用など重複するところもあるが、現段階で可能な限り、必要不可欠な言葉は入れたつもりなので、重複・多少の論理的矛盾についてはご海容を請う。

三島の文学世界を研究するうちに、たとえ小説の場合でも、彼の言う「詩」に関して、この程度の理解ではどうにも歯が立たない、三島にとっての「詩」あるいは「言葉」について、納得がいくまで考えてみなくてはならないと思ったこと、そのためには、劇曲と能についても、研究対象として知的に理解するだけでなく、趣味的な好悪のレヴェルでも自分のものにできなければ、不充分だと感じたからである。
幸い恩師前田妙子先生は優れた中世文学研究者で能の実技も心得ておられ、よくチケットを頂戴して、観能に誘っていただいた。大学院に進んでからは、毎週のように週末には能楽堂に通い、謡本を買ったり、「日本古典文学大系」をコピーしたものを持参して、時には一日に三曲も四曲も観ることがあり、腰掛けではとてもだめで、能楽論、歌論、連歌論なども読むようになり、五、六年は中世文学だけで手一杯の状態が続いた。

謡曲でその凄さは分かっているつもりだったが、能は私をたちまち虜にした。能舞台は俗世間の垢をきれいに洗い流した、清浄で簡潔な空間で、この世のケチ臭い人間ではなく、どこか四次元宇宙からやって来る「何者か」に出会う場所だった。大倉長十郎師の乾き切った掛け声と鼓の打音は、この世とあの世の帳《とばり》を切り裂く稲妻を思わせ、全身に電流が流れた。これと比べれば人形浄瑠璃は今でも好きだが、可憐さ以外では分が悪い。森田光春師の小柄な体は、やや横に傾き、無雑作に投げ捨てられた無心な人形のように清らかで、半身しかこの世に属していないように見えた。能管の小さな隙間を擦過した音は、天龍がのたうつ軌跡を描いて、天空を翔けめぐり、私の魂も体からひきずり出されて、その音とともにのたうった。彼らの心が空間で鳴動する音以上に優れた音楽があるとは思われない。

公私ともに不如意が重なり、一度だけ研究をやめたいと洩らした時、前田先生は奈良に誘って下さり、若草山のあたりをぶらついて、帰りに土産物の能面を、私が欲しそうにしていると「買《こ》うたげよか」と仰って買って下さった。能面も能装束も、能を構成するものはすべて私を魅了し、能には人間に不可欠なものが一切合切含まれている、と今でも思っている。歌舞伎は私には変態芸能にしか思われないが、こんなことを言うと、三島の声が聞こえてきそうである。「そう言いなさんな。あれとは悪縁でね」。

ようやく、おぼろげながら三島の「詩」と能が少し解ったように思えたのは、冒頭の「三島由紀夫の詩」を書いた頃で、もう二十年近く経っていた。今更ながら自分の遅鈍ぶりにあきれる他ないが、それも仕方ない。

高校に通っている頃、商店街入口の書店で文庫本の『金閣寺』を買った。今でもその本を使っている。その後、同じ書店で『若きサムライのために』を見たが、表紙はGIカットの三島の写真で、片足をどこかに掛け、ポロシャツから太い腕を出し、眉間に少し皺を寄せて、大きな目で前方を睨んでいる。この本は買わなければならないと思った。芸術が表現である以上、彼の芸術が顔に表れないはずがない。芸術に携わる者はもっと顔と立ち居ふるまいを立派なものにすべきだろう。

さて、今回出版に際して、もう一度徹底的に三島のことを考え直してみて、はっきりしたことは、彼の文学は、その身一つに「神」と「殉教者」を宿し、人がいかに生き、死すべきかという究竟のドラマを語っており、彼の死はそれを具体化してわれわれに示すことだった、ということである。こういう文学及び文学者は、三島の他には賢治があるだけで、西洋にもない。鏡花、谷崎は少し様相が違う。漱石の言葉は曖昧だから嫌いだと、三島は語ったが、漱石は人間の内面を確かに目に見えるように映し出すが、いかに生き死すべきかを示しはしない。彼には『草枕』の画家のように余裕と遊びが、日常生活との間にあり、しかし、彼も画家の境地を避難所とはせず、俗物にいつまでも義理立てしないで、芸術家を「聖別」して、彼の「聖域」について語る途《みち》もあったのだ。

三島の死で何かが終わった、と私も感じたが、しかし実は彼の死は何かの始まり、かつてない、人の生死の究極の問いに答える未曾有の秘教と信仰を内在させており、イエス・キリストや仏陀の生誕と彼らへの信仰の終焉以来の歴史的事件である。三島の目はこういうドラマを見ていたにちがいない。

三島は現実世界に出会う前にわがままな言葉の世界に住んでいた、と自身でも言っているが、自分に欠けていたのは言葉だったということがこの研究をするうちよく解った。と言うより、三島のことはみんな分かっているつもりなのに、どうしてそのことが人には分からないのだろうと、私は愚かにも考えていて、自分には表現のための言葉がないのだということが中々分からなかった。おそらく私は、世の中の人々も詩人だと考えていて、詩人は言葉などなくても何でも分かるものと勝手に思い込んでいたようだ。だから、もともと人の生活に言葉が必要だとは考えたことがなかったことに気がついたのである。私にとっては三島や能を知るということはそういうこと、自分についても知ることだった。

『近代能楽集』は『熊野』と『弱法師』が最後まで、それを語る言葉に自信が持てなかったが、この度、思い切って考察してみようと考えた次第である。しかし、それができたのは田中美代子氏から、以前、オルテガの著作を読むことをアドバイスして頂いたからで、『弱法師』には、ここ何年も弾《はじ》き飛ばされてきたのだった。「先達はあらまほしき」もの、田中氏は私の最高の先達であり、遠い遠い目標である。心からお礼申し上げる。

最後に、この企画のはじめから、ずっと寛容に支えて下さり、原稿の仕上がるまで待って下さった和泉書院の廣橋研三氏に心から感謝申し上げたい。最後の二十日程は、三日で睡眠時間が五時間などという状態になったが、廣橋氏はサムライのように落ち着き払って、一つ一つ的確な指示を出し、方向を示し、私は全て氏の判断に従った。制度ずくめの学校で生活していると、馬鹿らしくなることばかりだが、もの造りの分野には、まだ真率な人間同志の信頼や励ましが残っていて、社での作業も苦にはならなかった。私は氏の前で出来の悪い生徒が信頼する教師の前でだけそうするように素直になり、作業に没頭し、そのおかげで随分発見もあり、成長を感じた。優れた編集者が書き手を育てるということは本当だった。

装訂を担当して下さった井上二三夫氏にも感謝している。どういう訳か、くすんだ深緑のカヴァーを想像し、大して期待していなかったが、初めて見本を見た時の喜びは今でも忘れない。（尚本書の出版に際しては、大阪樟蔭女子大学の平成十八年度学術研究出版助成金を受けた）

二〇〇七年春の彼岸会の日に

高橋和幸

初出一覧

Ⅰ　三島由紀夫の詩

三島由紀夫の初期世界の考察――ニセモノの詩人から小説家へ――（原題「三島由紀夫の初期世界の考察――小説家の誕生と中世――」「私学研修」一五一・一五二、私学研修福祉会、一九九九年二月）を一部加筆・訂正

Ⅱ　三島由紀夫の劇――『近代能楽集』論――

1『邯鄲』論――花ざかりの悟り――（「阪神近代学」2、一九九八年三月）を一部加筆・訂正

2『綾の鼓』論――輪廻転生する恋――（「日本文芸研究」49・3、一九九七年一二月）を一部加筆・訂正

3『卒塔婆小町』論――輪廻転生するロマンと仏法の永遠――（「樟蔭女子短大紀要・文化研究」15、二〇〇一年三月）を加筆・訂正

4『葵上』論――あらかじめ失われた恋――（「樟蔭国文学」40、二〇〇三年三月）を一部加筆・訂正

5『班女』論――正気の果ての狂気――（「樟蔭国文学」44、二〇〇七年一月）を一部加筆・訂正

6『道成寺』論――意識の檻から日常へ――（「樟蔭国文学」41、二〇〇四年三月）を一部加筆・訂正

7『熊野』論――「花」は権勢に抱《いだ》かれる――　書き下ろし

8『弱法師』論――閉ざされた詩の終焉…――　書き下ろし

随想「道成寺」拝見　「会報」48、大阪樟蔭女子大学国語国文学会、二〇〇四年七月

著者略歴

高橋　和幸（たかはし　かずゆき）

昭和25年（1950年）愛媛県生まれ。関西学院大学文学部卒。同大学院文学研究科博士後期課程単位取得により退学。同大学教学補佐、樟蔭女子短期大学を経て、大阪樟蔭女子大学助教授。美学に基づいて三島文学などの近代文学、能を中心に研究。

三島由紀夫の詩と劇　**和泉選書　157**

2007年３月31日　初版第一刷発行©

著　者　高橋和幸

発行者　廣橋研三

発行所　和泉書院

〒543-0002　大阪市天王寺区上汐５－３－８

電話06-6771-1467／振替00970-8-15043

印刷・製本　亜細亜印刷／装訂　井上二三夫

ISBN978-4-7576-0412-4　C1395　定価はカバーに表示